廣嶋玲子・作　Minoru・繪

林宜和・譯

步步出版

人物
久藏
太鼓長屋房東的兒子
千彌
住在太鼓長屋
的青年按摩師
玉雪
兔子妖怪
梅吉
梅子小妖怪
彌助
千彌養育的孩子

登場
月夜王公
妖怪奉行所
東方地宮的所長
飛黑
妖怪奉行所
領頭的烏天
狗妖怪
津弓
月夜王公的
甥兒
切子
理髮刀付喪神
左京（弟）・右京（兄）
飛黑與萩乃的雙胞胎兒子

細雪丸
冬天的妖怪
宗鐵
鼬鼠妖怪醫生
美緒
宗鐵的半妖
女兒
王蜜公主
妖貓族公主
初音
久藏的妻子，
華蛇族公主

其他人物

銀音	久藏和初音的雙胞胎女兒
天音	久藏和初音的雙胞胎女兒
葦音	蛤蟆女妖怪
荒布	病鬼
苦丸	荒布的孩子

綾波御前	人魚
珊瑚	綾波御前的孩子
若藻	綾波御前的孩子
銀水	綾波御前的孩子
豐兒	神祕的女孩

目次

妖怪托顧所

10

【千彌之秋，彌助之冬】

1

最初的裂痕

在江戶[1]的太鼓長屋[2]，住著一個叫彌助的少年。

彌助現年大約十五，外表看起來平凡無奇，卻在經營「妖怪托顧所」，爲妖怪父母看顧小孩。

夜復一夜，形形色色的妖怪帶著孩子上門，同時也帶來各種難題。雖然彌助總是被耍得團團轉，但也獲得許多寶貴的經驗，因此他對這份工作十分滿意。

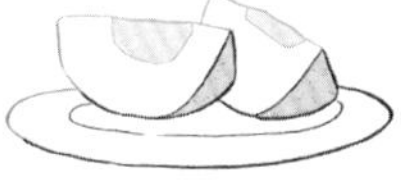

最重要的是，彌助身邊有個最大支柱——他的養親千彌。

千彌原名白嵐，曾是妖怪界的大人物，但如今已失去大部分妖力，化為一個平凡的人類，和彌助相依度日。

然而……原本平和的生活，不知何時卻開始出現裂痕。

彌助起初覺得不對勁，是在甫進入長月[3]的時候。

那天夜裡，又有客人上門了，原來是付喪神[4]切子。

付喪神是由古物變成的妖怪，切子是理髮刀的付喪神。她的兩隻手呈剪刀狀，皮膚銀黑，長相可愛，身形嬌小得可以放在掌心。

見切子單獨前來，彌助有點詫異：「咦，只有妳一個人嗎？十郎去哪兒啦？」

平時照顧切子的，是幫人類與付喪神牽線結緣的媒人公妖怪十郎。

彌助很喜歡見到十郎，最近聽說他有了心上人，才正想聽聽精采的愛情故事呢！

「一個人不行嗎？沒跟十郎在一起，我就不能自己來嗎？」切子一臉不悅的反問。

「不、不是那個意思啦！好久不見了，快進來吧！」彌助趕緊說。

「也是呢！那就打擾了。」切子走進屋裡，一看見坐在裡頭的千彌，便掃興的說：「啊，他還是沒長頭髮……我本來還有點期待哪！」

切子最喜歡吃人類的頭髮，尤其是好看的年輕男子的頭髮。當年她第一次上門的時候，也曾爲了千彌沒頭髮而失望呢！

彌助笑道：「妳還是死心吧！話說，妳今晚爲什麼會來呢？」

「我逃出來了！離家出走！」切子氣憤的說。

「離家出走？」彌助嚇一大跳。只見切子緊抿著嘴唇，用力點一下頭：「十郎最近不行啦！真不中用！每天跟阿碧到處玩，對我們付喪神一副漠不關心的樣子！」

「不、不至於吧？他只是有了心上人，現在有點沖昏頭罷了。不如妳跟我說說阿碧的事吧！她是什麼樣的妖怪呢？」彌助又問。

「哼！怎麼連彌助都阿碧阿碧的問個沒完哪？」切子生氣的說。

彌助被切子翻白眼，只得搓手陪笑道：「別那麼說嘛！我只是好奇啦！烏天狗雙胞胎說過，阿碧在妖怪奉行所工作？她是做武具和工具的師傅嗎？」

「是呀！一點女人味都沒有！穿得像個男丁，手臂又粗又壯，還比十郎高一個頭，跟十郎一點都不相配嘛！算啦算啦！提起那女妖我就煩！」切子鼓著小臉，不願再說了。

正當彌助一籌莫展時，只聽裡頭的千彌出聲幫腔：「切子，妳要是告訴我們阿碧的事，我就安排讓妳吃美男子的頭髮喔！」

「哦？真的嗎？那……好啦，我說就是了！」於是，切子打開話匣子，開始描述十郎的心上人。

阿碧從早到晚都在揮動鐵鎚和各種工具，身上永遠披著一層煤灰。她的身材像個巨人，偏偏對修理付喪神很有一手，讓人挺不服氣。她的廚藝很差，十郎就拼命做便當討好她，而她總是毫不客氣的狼吞虎嚥，看了真不順眼。奉行所的烏天狗都很怕阿碧，十郎應該向他們看齊，早點醒悟才對……。

聽著切子連珠炮般念個沒完，彌助只能強忍笑意，說：「可是，十郎不是很喜歡阿碧嗎？」

「不是喜歡！剛開始只是阿碧約他去吃餡蜜[5]罷了！誰曉得不知什麼時候竟然變成男女朋友了！」切子恨恨的說：「那個妖怪到底有哪裡好？既粗暴又力大如牛，還長了四隻手，每次被她摟住，十郎就會哀哀叫，有時候甚至能聽到骨頭嘰嘰嘎嘎響哪！可是十郎居然一見到她就笑，簡直不可理喻！今天十郎還為了她，跑去蒐集什麼材料，把我單獨丟在家裡……」

切子的小臉氣得都歪了，似乎無法忍受自己最愛的家人被搶走，焦急和寂寞的心情，全都寫在她臉上。不過，她馬上又恢復倔強的表情，瞪著千彌說：「好啦，我說完了！接下來換你要遵守約定，給我吃美男子的頭髮喔！難不成，又是上次那個久藏的頭髮嗎？」

以前，爲了餵飽飢餓的切子，彌助和千彌曾經合力將太鼓長屋房東的兒子久藏灌醉，好讓切子吃掉他的頭髮。

千彌聽到她這麼問，立刻點頭：「我這就去接久藏過來。彌助，你先準備一桶酒，我們一樣把他灌醉，再讓切子趁機吃掉他的頭髮吧！」

說完，千彌正要起身，卻被彌助慌忙按住：「等等！不行啦！我們不能再用那招了！千哥，你忘了嗎？久藏現在是初音公主的丈夫了，也就是說，他是專屬於初音公主的，我們不能隨便把他抓來呀！」

「哦，是嗎？那就沒轍了，我們只好放過久藏吧！」千彌點頭答應，彌助這才鬆一口氣。

另一邊，切子聽到他們的對話，睜大眼睛問：「久藏跟誰結婚了嗎？」

「是啊！他不久前還得了一對雙胞胎女兒，現在已經升格爲傻瓜父親了！每天都抱著女兒們叫小公主，簡直像在寵貓咪似的！」彌助笑道。

「換做是十郎……如果他有了自己的孩子，也會變成那樣嗎？」

切子的臉色黯淡下來，細長的眼睛泛出淚光，彌助見狀，不禁手足無措。

正當他拼命在腦中思索安慰的話，卻聽千彌喃喃道：「不過，如果久藏不行……那就去要月夜王公的頭髮吧！」

這主意實在太荒唐，彌助聽得頭都痛了：「那更不可能吧！那個月夜王公會乖乖讓別人剪頭髮嗎？」

誰知切子的反應更激烈，只見她臉色大變，顫抖著說：「不要！月夜王公的頭髮，我不要！」

「是嗎？如果拼一點，說不定能拿到一束喔！」千彌又說。

「不要！其實我肚子很飽！誰的頭髮都不想要了！」切子尖聲大叫。

就在這時，敲門聲輕輕響起。彌助出去一看，站在外頭的是媒人公十郎。

「晚安，彌助。不好意思，請問我家的切子有沒有來打擾呢？」十郎禮貌的問。

「你還眞了解她呀！沒錯，切子來了喲！」彌助趕緊說。

「她……有抱怨什麼嗎？」十郎頓了一下才問。

「足足抱怨了差不多半個時辰哪！雖然阿碧對你很重要，不過還是應該多關心切子一點喔！請進。」彌助招呼道。

十郎走進屋裡，一見到切子，就鬆了一口大氣：「切子，太好了！發現妳不見，眞是急死我了！妳爲什麼不說一聲就跑出去呢？妳一定要讓我擔心是嗎？」

「哼！隨我高興！」切子撇過頭不理他。

「妳是不是……誤會了？以爲我對妳和其他付喪神都不關心了嗎？」十郎問。

「難道不是嗎？」切子反問。

十郎被切子賞了個白眼，整個人彷彿洩氣一般，無奈道：「什麼嘛，看來妳眞是誤會了！不對，完全不對啦！當然，跟阿碧在一起是很快樂，不過，我對你們可是一點都沒有輕忽的意思啊！這一點，我可以拍胸脯保證。」

「可是……你不是成天只聽阿碧吩咐嗎？她一會兒叫你去找這個，一會兒又要你打聽那個。每次聽到她的要求，你就會匆匆忙忙跑出去啊！」切子不服氣的說。

十郎用指尖輕撫著切子的頭，微微笑道：「傻ㄚ頭！妳說的是沒錯，不過，我都是趁工作餘暇才幫她跑腿啊！證據就是，我已經爲妳找到新主人了！」

「欸？」切子似乎大吃一驚，眼睛都瞪圓了，十郎看著她，咧嘴笑道：「沒錯，我終於找到和妳匹配的人了！那個人叫吉松，今年四十四歲。他原本是個手藝很好的整髮師傅，但自從前陣子老婆過世後，便一蹶不振，失去工作的動力。不過，只要有妳在身邊，相信他一定能恢復元氣。切子，妳可以吧？應該做得到吧？」

聽了這番話，切子的眼睛發亮，用力點頭：「可以，我做得到！我要去那個人身邊，給他加把勁，幫他剪客人的頭髮！」

「就是這樣的幹勁！不過……想到妳今後不在我身邊，可眞寂寞啊！」十郎有點哽咽的說著，把切子放到肩膀上。切子緊緊貼住十郎的臉頰，輕聲說：「我離開以後，你得好好整理頭髮喔！每天要把椿油仔細抹勻，再用梳子梳理喔！然後……我會不時來找你，幫你把過長的頭髮剪掉。」

「那我要爲切子努力留長髮了！」十郎說。

聽著他倆的對話，千彌好像不耐煩了，高聲道：「那種話等你們回家再說吧！天就快亮了，我想和彌助一起過。如果沒事，就請你們快回去！」

「哇！千彌欺負人哪！」切子還嘴道。

「不不，切子，千彌說的沒錯。那麼，我們告辭了！」說完，十郎就帶著切子，消失在暗夜裡。

彌助鎖上門，轉身面對千彌，卻忽然覺得有點不對勁。

只見千彌正努力思考著什麼，彌助幾乎不曾見過他露出那種神情，不由得擔心起來：「千哥，你怎麼了？肚子痛嗎？」

「不是……我只是有點想不起來……當初切子吃掉久藏頭髮的時候，你也在旁邊嗎？」千彌猶疑的問。

彌助不禁睜大眼睛，嚷道：「當然、當然在啦！千哥，你又忘記了嗎？」

「啊、不，只是有點……對了，沒錯！我們是在一起的呀！」千彌說。

「千哥……？」彌助不知怎麼回應。

「好啦好啦，不要再想了！對了！等一下說不定玉雪會來，我有託她帶一些梨子，你不是最喜歡梨子嗎？一定很好吃哪！」千彌很快的轉移話題，卻教彌助更不安了。

有哪裡不對勁……這個感覺就像一道裂痕，悄悄劃開了彌助的內心。

---

1 江戶：江戶時代的東京舊稱。

2 長屋：每戶獨立但是外牆相連，平行成列的傳統日本住宅。

3 長月：日本舊曆九月的名稱，相當於新曆九月底至十一月初，取晝短夜長之意。

4 付喪神：一種日本的妖怪傳說，又名「九十九神」。相傳器物放置一百年，吸收天地精華或感受到怨念、佛性、靈力後，會得到靈魂並化成妖怪，概念類似「成精」。

5 餡蜜：一種日式點心，通常是將小碗裝的紅豆泥淋上黑糖漿，再搭配寒天、糰子、杏桃乾、紅豌豆等配料一起食用。

2

第一次吵架

「開什麼玩笑！絕對不行！」

在這秋意漸深，秋風漸寒的時節，某一天，只聽長屋裡傳來千彌的怒吼。

「為什麼彌助必須看顧病鬼的孩子？那種麻煩的孩子，叫姑獲鳥自己帶不就好了？不，我絕對不答應！他們到底在想什麼？」千彌怒氣沖沖的質問前來傳話的兔子妖怪玉雪。

「這、這個……跟我說也沒用啊……」可憐的玉雪被他嚇得渾身發抖。

長得白白胖胖，眉眼溫柔的玉雪，不但心地善良，也非常疼愛彌助。她在白天只能回復兔子原形，入夜才會變成女人模樣，到妖怪托顧所幫忙。有時其他妖怪也會託玉雪傳話，像是：「明天晚上我會帶小孩去托顧。」或是：「我要遲一點才能去接小孩。」等等。

今天晚上，又有妖怪託她傳話，只是這次的對象令人退避三舍，因為那是名為「病鬼」的妖怪。

玉雪才剛說完，千彌立刻暴怒：「病鬼？開什麼玩笑！讓那種到處散播疾病的鬼接近彌助，妳以為我會允許嗎？玉雪，妳也真是夠了！」

「哇、哇——！」玉雪嚇得小聲哀叫。

「爲什麼妳不當場拒絕？跟他說『不好意思，彌助沒法看顧病鬼的孩子』這樣不就得了？妳隨便找個藉口敷衍也行啊！」千彌還不罷休。

「非、非常對不起……」玉雪嗚咽道。

這時，原本愣在一旁的彌助才回過神來，插進他倆之間打圓場：「好啦好啦，玉雪姊，不要哭了！這不是妳的錯呀！」

彌助一面拍撫玉雪抖動的肩膀，一面偷看千彌，小心問道：「這個……千哥？」

「不行！」千彌立刻回答。

「我……什麼都還沒說呀！」彌助抗議。

「不行就是不行！」千彌鐵著臉說：「你是想說『我沒差，就收下病鬼的孩子吧』對不對？可是，只有這次絕對不行！病鬼會把人的精氣吸走，你只要待在他旁邊，就會感覺疲勞，容易得風寒。啊——不行不行！你體弱多病，自己都忘了嗎？」

「體弱多病……我這不是好好的嗎？」彌助莫名其妙。

「說什麼話？是誰動不動就瀉肚子？而且不分春夏，你老是掛著兩行鼻涕呀！」千彌吼道。

「那、那是什麼時候的事呀？是我很小的時候吧？」彌助大聲反駁。

「欸……？」千彌忽然僵住。彌助不禁打從心底擔憂：「千、千哥……你是不是真的有哪裡不對勁？最近你常常想不起從前的事，或是把從前的事當成現在發生的……我們還是去跟醫生請教一下吧？拜託……我很怕呀！」

彌助的肩膀微微顫抖，千彌趕緊抱住他：「對不起，讓你害怕了！只是……對我而言，不管是從前還是現在，彌助都很可愛呀！你是我一定要好好守護的寶貝啊！所以我剛剛才會那麼說……」

「千哥……」彌助不知該如何回答。

「沒事的，我跟從前一樣，沒有任何問題。」千彌一派輕鬆的說。

彌助感覺他又要含糊帶過，忍不住提高聲音：「那這樣吧！如果千哥去看醫生，我就不接病鬼的孩子。不過，如果千哥不肯去……明天晚上，我就會收留小病鬼！」

「彌助！你、你這是什麼話？」千彌的聲音也大起來。

「我是說眞的！這次絕對不妥協！」彌助重重的說。

「你……是在威脅我嗎？太傷心了！我的寶貝彌助竟然說這種話？實在沒什麼比這更傷心了！」千彌俊美的臉龐垮了下來，然而，彌助絲毫不肯退讓：「我只是爲千哥擔心啊！」

「我也是擔心彌助呀！不，我的擔心可是比你多過千百倍啊！」千彌也不服輸。

「話不能那樣說啦！總之，千哥最近很奇怪啦！你自己都沒感覺嗎？」彌助又大聲起來。

「我跟從前一樣，什麼都沒變，只是偶爾腦筋有點糊塗罷了！」千彌說。

「就是那樣才奇怪啦！」彌助嚷道。

奇怪！不奇怪！兩人爭執不下，彼此都是一肚子火。

最後，千彌憤然起身，吼道：「罷了！隨便你！」

「你要去哪裡？」彌助喊。

「病鬼要踏進這個家裡，我不想碰到他們！我去外頭散散心。」千彌說。

「好，那也隨便你！」彌助頂回去。

不過，雖然彌助嘴硬，但千彌的身影一消失，他馬上開始後悔了。

見彌助垂頭喪氣，玉雪小心翼翼的問：「彌助，你還、還好嗎？」

「沒……不，一點也不好……這是我第一次跟千哥吵架啊！」彌助黯然道。

原來，跟要好的人或親愛的人吵架，是如此筋疲力盡的事，彌助這才真切的感受到了。

那天晚上，千彌沒有回來。到了翌日早晨，再到中午，他依然沒回家。

彌助東盼西等，忍不住又發起火：「害我這麼擔心……算了！我再也不管千哥了！」這種時候就是要找別的事做，才能轉移注意力。不管怎樣，彌助開始動手張羅，準備迎接病鬼的孩子。

當天傍晚，太陽一落山，玉雪就來了。

「彌助，我教你準備的東西，都拿到了嗎？」玉雪緊張的問。

「嗯，炒豆子、神社的平安符跟神水對不對？都準備好了！」彌助點頭。

「太好了！那我們來畫符咒吧！」玉雪俐落的用神水磨墨，接著在彌助的身體各處，畫上奇奇怪怪的紋樣和文字。她手裡忙著，又擔心的問：「那個，千彌他……還沒回來嗎？」

「嗯，可是沒關係，千哥不管怎樣都隨便啦！」彌助裝作不在乎。

「不行！」一反平常柔和的樣子，玉雪忽然嚴厲的說：「好話會帶來好運，壞話會招來厄運……萬一真的發生壞事，後悔的可是彌助你喔！」

「抱歉，我不說了！」彌助慚愧的低下頭，吞吞吐吐的說：「這是我第一次……跟千哥吵架，當然……我希望跟他和好，可是，還是有點生氣。這回我覺得自己沒有錯……玉雪姊，妳想我可以跟千哥和好嗎？」

「可以喔！」玉雪微笑道：「彌助跟千彌的感情，是任何人都無法破壞的。吵點架也沒關係啊！剛好可以把自己真正的想法說出來，那也不是件壞事……就算吵架了，就算再怎麼生氣，你還是最喜歡千彌吧？」

「當然了！」彌助用力點頭。

「只要你有這個心，就不會有事的。等千彌回來，你就先跟他喝杯茶，冷靜一下，然後再商量看看吧！」玉雪說。

「嗯……我會試試。」彌助順從的答應。

「這才是我認識的彌助啊！那麼，接下來要把平安符縫進你的衣服，你先脫衣服吧！」玉雪說。

縫好平安符後，玉雪遞給彌助一把炒豆子，說這是最後一項：「把這豆子含在口中，就不會有什麼邪物跑進嘴裡。要是不小心吞下去，你一定要馬上再含一顆新的豆子。」

「只要含著豆子，就算我背著小病鬼也不會有事嗎？」彌助有點不放心。

「希望如此……」玉雪有點遲疑。

「希望如此……？」彌助不禁打個哆嗦。

「有勞了，我來托顧小孩，請開門哪！」就在這時，外頭傳來一個像枯草搓磨般的聲音，令人聽了背脊發涼。

彌助趕緊把豆子含進嘴裡，上前開門，只見門外站著一對衣衫襤褸的鬼怪母子。

鬼怪母親個子比彌助還小，孩子則是只到彌助的膝蓋那麼高。母子倆的皮膚都黑中帶青，蓬亂的頭髮宛如曬乾的海藻，而就在那頭亂髮之中，突出一根長長的角。

鬼怪母親開口了：

「你好，我是病鬼荒布。我想把兒子苦丸寄放在這裡一晚。」

「喔、好、好啊！那我就收留他了。」彌

助緊張的說。

「謝謝你，我明天天亮就來接他，拜託了！」荒布說完，便留下孩子，忽的消失了。

彌助對站在原地發愣的苦丸招手道：「進來吧！」

「嗯……」苦丸一進門，屋裡瞬間瀰漫一股黑黴菌的味道。

彌助雖然有點害怕，還是擠出笑容和苦丸打招呼：「你好啊！我是妖怪托顧所的彌助，那位是兔子妖怪玉雪。」

「嗯……」苦丸只哼一聲。

「我是頭一次照顧病鬼的孩子，你喜歡玩什麼呢？天亮以前你想做什麼呢？」彌助又問。

「我喜歡……讓人類的孩子生病！」苦丸竟然答道。

「欸？」彌助和玉雪大吃一驚，苦丸卻不好意思的笑起來：「我只要去健康的孩子身邊，跟他黏在一起，那孩子就會臉色發青，然後開始咳嗽，那樣很好玩呀！」

「好玩嗎……？」彌助雖然驚恐，卻沒有生氣或責備的意思，因爲病鬼就是這麼生存的，對苦丸而言，讓他人生病就是一件好玩的事。

不過，再怎麼樣也不能讓苦丸玩這種遊戲，彌助只好說：「苦丸，抱歉啊！那個遊戲有點……在我這裡不能玩哪！要等你回去你娘身邊才可以……總之在這裡不行啦！」

「知道啦……可是，我肚子餓呀！」苦丸無辜的說。

「哦，是嗎？那我做飯糰給你吃怎麼樣？」彌助問。

「不要……我只要人類的精氣。我只想吃健康人類的精氣……」

苦丸可憐巴巴的說。

於是，彌助和玉雪交頭接耳討論起來：「玉雪姊，妳說該怎麼辦？」

「這、這個嘛，又不能隨便找個人讓他吃……只要被病鬼吸了精氣，十之八九都會得風寒啊！不過還是得去找找看才行……你知道有誰專幹壞事，要是他得了風寒會大快人心的嗎？」玉雪尋思著。

「妳突然這麼問，我一時也……啊！對了！我想到一個人了！」

彌助眼睛一亮。

原來，鄰近有間赤貓長屋，與太鼓長屋隔鄰三棟，那裡最近搬來一個惡名昭彰的男人。那男人風評極差，不是粗言暴語嚇哭孩子，就是大白天開始喝酒，藉著酒意對路過的年輕姑娘毛手毛腳，惡行多得數不清。

事實上，彌助也目睹過那男人的惡行。

幾天前，那傢伙欺負一個老實的小販，罵他：「賣這種長蟲的爛貨，還敢叫客人吃？」不但把小販的擔子踢翻，又在上頭撒了好大一泡尿。那猖狂大笑的嘴臉，彌助一直無法忘記。

「沒錯，那種傢伙生病也是活該！苦丸，我就讓你吃個飽，跟我來吧！玉雪姊，妳在這裡等一下。」說完，彌助就帶苦丸出門，悄悄穿過狹窄的巷道。

不一會，他們就來到赤貓長屋。彌助很快就找到那無賴住的房間，從牆壁的裂縫往內窺探。只見那男人就在裡頭，呈大字形躺在榻上，正呼呼打鼾。

看他這副德行，一時半刻應該不會醒來。彌助笑道：「好極了！苦丸，你就進去吸飽那傢伙的精氣吧！」

「嗯！」苦丸黃色的眼睛發出精光，將臉貼上牆壁的裂縫，下一瞬間，他已經身在屋裡。不知是怎麼辦到的，總之一滑溜就鑽進去了。

彌助正暗暗讚嘆，只見苦丸悄悄靠近那男人，跨坐在他脖子上，用兩隻小手扶住男人的頭，開始大口吸食他的氣息，那模樣就像在吸吮蕎麥麵條。

漸漸的，男人的鼾聲變成呻吟。「呃、呃……」他的氣色迅速惡化，臉皮鬆垮，皺紋浮現，還不停的冒著冷汗。不知是不是錯覺，連他的頭髮似乎都變灰了。

吸啊！再吸啊！彌助按捺不住內心的快感，默默在心中為苦丸加油。看見那男人痛苦的睡相，眞是比什麼都愉快。

忽然，彌助感覺自己的反應有點奇怪，就在這時，卻見苦丸已經放開那男人。他的肚子吃得圓滾滾，嘴角露出滿足的笑容。

「好吃！好飽啊！」苦丸笑著說。

「好極了，做得好！那我們回去吧！」彌助說。

「我吃太飽，走不動了！抱抱！」苦丸伸出手。

「好啦！」彌助只好抱起苦丸，往太鼓長屋走去。

只是……隨著一步步往前走，彌助卻感覺愈來愈辛苦。他的喉嚨刺痛，額頭發熱，臉頰發燙，鼻子開始流出大串鼻水，體內湧起徹骨的寒意。

這不就像得風寒的症狀嗎？彌助暗暗心驚。

爲什麼？是因爲自己抱著苦丸嗎？可是身上有玉雪畫的符咒，應該會受到保護啊？況且，自己的嘴裡現在也牢牢含著炒豆子呀！

彌助只覺腦袋漸漸不清楚，幾乎無法思考。好不容易回到太鼓長屋，他一放下苦丸，整個人就砰然倒地。

「彌助！」玉雪大叫，他卻什麼都聽不到了。

彌助感覺自己彷彿在滾熱的泥漿裡載浮載沉，全身痛苦難當。好燙啊！身體快要燒成灰了，但同時陣陣酷寒又不斷襲來。全身痠痛，鼻子堵塞，呼吸困難，連喉嚨也痛得受不了。

彌助在痛苦中掙扎，好不容易睜開眼，只見千彌就坐在旁邊。

「千、千哥……」他沙啞著嗓子叫喚。千彌緊緊握住他的手，說：

「沒事了，有我在，沒事了！」

「千哥……你回來了！」彌助虛弱的說。

「我當然會回來。眞可憐啊，你先吞下這個吧！」千彌說著，從懷裡掏出一粒很大的黑色藥丸，遞給彌助。

「這是什麼？」彌助問。

「是治療藥，據說對傷風和其他病症都很有效。爲防萬一，我從月夜王公那裡要來了，快吞吧！」千彌催促道。

彌助聽話的把藥放進口中，那藥丸立刻在舌尖上化開。

下一刻，他整個人彈跳起來。太苦了！這根本是毒藥吧！彌助感覺舌頭苦澀得彷彿在燃燒，不，簡直像是被鑽了個洞。雖然如此，他還是勉強把藥吞下喉嚨，好不容易吞完，全身已經大汗淋漓。

不過就如千彌所說，那藥丸的功效強大。吞下後沒多久，喉嚨痛和發燒就迅速減輕了。

彌助感激的坐起身，說：「好厲害，居然有這種藥啊？」

「是啊！不過你的身體還是很虛弱，趕快回被窩躺著吧！我現在去煮薑湯，給你加很多糖喔！」千彌微笑道。

「嗯……」彌助乖乖躺下，眼睛卻沒離開千彌：「千哥……苦丸呢？」

「那個小病鬼已經被他母親接回去了。她說你照顧得很好，挺高興哪！」千彌頭也不回的說。

「是嗎……？千哥，我讓苦丸去吸了別人的精氣。不是我的，是住赤貓長屋的那個無賴……我覺得那傢伙生病是活該啊！」彌助老實說。

「嗯，玉雪都跟我說了。」千彌回答。

「回來的路上，我的身體就開始不對勁，可是在那之前完全沒事啊……你知道是爲什麼嗎？」彌助猶豫的問。

千彌停下煮薑湯的動作，轉身對他說：「那是因爲你懷著惡意啊！」

「咦？惡意？」彌助不明白。

「是的，你對那個無賴的惡意。原本你就對他懷有惡意，因爲病鬼在旁邊，惡意就變得更大了。你記不記得當時自己的怒氣一下子上升？你沒感覺到自己對那男人的憎惡突然加倍了嗎？」千彌問道。

彌助不作聲。

「你的惡意穿破玉雪畫的符咒，於是小病鬼的生病之力，就從那破洞流進去了。」千彌又說。

「也就是說……我想給那個人懲罰，是不對的嗎？」彌助吞吞吐吐的問。

「你對那人心懷嫌惡，把病鬼的孩子推給他，這行爲等於你對他施咒。這樣的詛咒一旦反噬，就會報應在你身上了！」千彌解釋。

彌助恍然大悟，原來自己是受到懲罰。他對那男人的詛咒，讓自己遭受報應，最終變成自身的病痛。他竟然做了這麼不道德的事，眞是悔不當初。

這時，千彌嘆了口氣：「所以我就說不行啊！病鬼不只是傷害身體，也可能會殘害心靈啊！不過……你應該多少有反省了吧？有時候也得乖乖聽我的話，知道嗎？」

「我生氣的……並不是該不該收留小病鬼的事……不過，對不起，我是應該多聽千哥的話啊！」彌助低聲說。

聽到彌助這麼說，千彌的臉色頓時開朗：「這才是我的彌助啊！你眞是個好孩子。快點睡吧！今天的事就全部忘掉，只要努力把身體養好。待會我給你煮一大鍋雞蛋吧！你不是最喜歡吃撒鹽的水煮蛋嗎？吃上十個二十個都沒問題，然後……彌助，你睡著了嗎？」

只聽細微的鼾聲傳來，大概是因爲吃了藥，彌助不知何時已經睡著。千彌爲彌助蓋好被子，自言自語說：「對了，彌助的……身體虛弱，只要稍微吃點不消化的東西就會瀉肚子，又經常發燒病倒……眞可憐哪！得想辦法讓他強壯一點。可是光吃藥也沒用，有什麼特別的東西……一定要給他進補強身才行啊！」

究竟該給虛弱的彌助進補什麼呢？千彌苦苦思考。

3

來自海底的招待

冷風蕭瑟的秋夜，彌助接到一個奇特的請求。原來是人魚想托顧她的孩子，希望彌助到海裡幫忙。

彌助一聽，只覺匪夷所思，馬上回道：「要我這個人類去海裡？怎麼可能？我既不會游泳，又不是魚類，不能在水裡呼吸。還有，海邊不是很冷嗎？要是我又得風寒，這回千哥可是會大發雷霆喔！」

還好千彌不在，否則他一定會數落個沒完，彌助心想。

家。

現在千彌正好外出，他不知爲什麼忽然迷上釣魚，最近經常不在家。

「沒想到釣魚這麼有趣啊！」千彌說。每天夜幕降臨，他就匆匆帶著釣竿出門，只是技術大概不夠好，至今還沒見過他帶一條魚回家。

算了，只要千哥高興就好啦，彌助這麼想。總之到海裡幫妖怪看小孩的邀約，只能拒絕了。

當他正想說不的時候，卻見玉雪噗哧一聲笑出來：「不要緊，人魚也知道彌助是人類，會幫你準備魚心丹哪！」

「魚心丹……是什麼呀？」彌助問。

「是人魚的祕方喔！只要吞下它，就算是陸地的生物，也能在海中呼吸，而且再怎麼冰冷的海水都不怕。」玉雪說。

「意思是會變成像魚一樣嗎?太、太神奇了!居然有那種藥啊!」彌助驚嘆，心跳不由得加快起來。

海裡究竟是什麼樣的世界呢?在白色的波浪下，魚兒們都如何游水呢?彌助想像著自己可能見到的景色，不禁心中雀躍。

於是他輕咳一聲，說:「好吧，我接受。那什麼時候去見人魚呢?」

「你方便的話，就在今夜好嗎?」玉雪問。

「好，請帶我去吧!」彌助點頭。

「是、是，包在我身上。」玉雪笑著說。

接著她施展法術，彌助瞬間被帶到一個黑色的大岩塊上。四周放眼望去盡是一片汪洋，而他們腳下的這塊岩石，就像一棵竹筍般獨自矗立在海中。陣陣波浪不斷拍打著岩壁，隨即化成白色的浪花，消散無形。

彌助定睛一看，只見遠方有點點閃爍的燈火，大概是對岸的漁村。不過那些燈火看起來好渺小，顯然這個岩塊離岸邊很遠。

另一邊，玉雪努力向海面探出身子，噘起嘴唇吹哨。伴隨著哨音，海面忽的隆起一道大浪，浪中浮現一張奇怪的臉。

那是一張很大的女性臉孔，圓滾滾的眼睛和扁平的鼻子，一看就令人聯想到魚。她的膚色是陰鬱的青白色，口中卻發出銀鈴般清脆的聲音：「哦，玉雪小姐，妳把他帶來了嗎？」

彌助幾乎要被那美麗的聲音迷倒了。玉雪抱著他，對海中的女妖說：「是的，這位就是彌助。可以請妳先給我們魚心丹嗎？」

「哦，當然了！」女妖說著，噘起嘴，「噗」的吐出一個東西。那是個小小的圓珠，顏色從紅變藍、綠轉黑、白到銀，像火苗般不斷變換。玉雪接住後，立刻丟進彌助嘴裡。

「呃！」彌助不明就裡，便囫圇吞下去了。

下一瞬間，他感覺體內急速發熱，彷彿火燒一般，全身滾燙。原本寒冷的夜風，似乎也變成了熱風。

要被燙傷了！彌助本能的往海中一躍而下。

「撲通！」一沉入冰冷的水裡，頓時感覺無比舒暢。他陶醉在海水的寒意之中，突然覺得口渴，便張嘴吞下一大口鹹水。沒想到那水好喝極了，感覺就像源源不斷的滲入他的體內。

「呵呵，你變成神氣的人魚了！」耳畔傳來女性的笑聲，彌助這才回過神。轉頭一看，眼前是個女妖，她的身體是一尾很長的魚，頭部卻長著一張人形的臉。

「妳是人魚啊……」彌助小聲說。

「呵呵，你現在也是啊！」人魚笑道。

彌助一聽，低頭看向自己的身體。只見他的衣服黏在身上，逐漸化作茶色的魚鱗，兩隻手縮小了，變成輕薄的魚鰭，而雙腳也在不知不覺間，變形成長長的魚尾。

當彌助對自己的改變目瞪口呆之際，旋即聽見玉雪呼喚他的聲音。他趕緊把頭鑽出水面，一股熱氣立刻撲面而來，幸好脖子以下還在海裡，尚且忍耐得住。

玉雪看見他，似乎鬆了口氣：「太好了！你沒事吧？」

「嗯，非常舒服！變成人魚也不錯哪！那麼，玉雪姊可以回長屋幫我看家嗎？千哥要是釣魚回來，發現我不在，一定會大呼小叫啊！」彌助央求道。

「也是呢！那我天亮以前再來接你。」玉雪說。

「好！」彌助說完，便再度潛入水中。要是繼續讓頭露出海面，他可受不了了。

這時，剛才的人魚游了過來。仔細一看，她身上的魚鱗五顏六色，層層相疊，非常美麗。

「那我們走吧！」人魚招呼道。

「好！」彌助點頭，跟著人魚潛入海底深處。

海底長滿各色各樣的珊瑚和海草，就像一片鬱鬱蔥蔥的森林。森林各角落棲息著許多相倚睡覺的魚，還有從不靜止的漂漂水母。貝類和蟹類吐著珍珠般的氣泡，章魚和海鱔隱身在黑色的岩壁後頭。彌助生平第一次看見這種景象，不禁心醉神馳。

人魚伴著彌助往前游，一邊跟他說話。她說自己叫綾波御前，有三個孩子，由於今晚要去見另一個地盤的主人，所以將孩子們託給彌助看顧。

「我要去找別的人魚商量，因爲最近好像有誰在打我們的主意。」綾波御前說。

「打人魚主意？是人類嗎？」彌助問。

「可能是。」綾波御前臉色一沉：「人魚的肉對人類有延年益壽的功效，所以有些人類拼命想抓我們。不過我們有大海保護，他們很少得手。而且萬一真的遇上敵人，我們也能顧好自己。」綾波御前繼續說，問題是她的小孩：「那幾個孩子都還很小，不懂得警戒敵人。他們常常隨便靠近漁網，對海面垂下的釣餌也充滿好奇。總之，就是不能讓他們離開視線。」

「原來如此，所以妳才找我來？」彌助點頭。

他們繼續往前游，前方出現一塊很大的岩石，岩石底部附著一個龐大的海葵。那海葵的體積大得彷彿可以吞下彌助，修長的淺紅色觸手搖曳生姿，宛如花瓣一般。

「我家就在那兒，裡頭有個岩洞，那個海葵是我家的守衛。喂！花磯，我回來了，你開門吧！」綾波御前一喊，那海葵的觸手就聚集到中間，旁邊露出一個岩洞入口。

彌助緊隨在綾波御前之後，游進岩洞。就如她所說，岩洞裡十分寬敞，底下鋪滿雪白的細砂，四處點綴美麗的貝殼和珊瑚，就像人類房子的花朵和擺飾一般。

彌助正看得目不暇給，這時不知從哪裡游來一群小人魚。他們的體型都只有秋刀魚般大，外表跟綾波御前長得很像。

不過和綾波御前的五彩鱗片不同，小人魚的鱗片都是單色，一隻是紅色，一隻是綠色，還有一隻是淡藍色。

小人魚圍著綾波御前，你一言我一語的喊：「阿娘，您回來了！」「您回來了！」

綾波御前對孩子們溫柔微笑，將他們介紹給彌助：「彌助，這些是我的孩子，從右至左是珊瑚、若藻和銀水。孩子們，這位是來照顧你們的彌助。阿娘回來以前，你們得乖乖聽彌助的話，不要吵架喔！知道嗎？」

「是！」小人魚齊聲答應，彌助忍不住嘴角上揚。他們似乎也挺喜歡彌助，嘻嘻哈哈的對著他笑。

綾波御前見狀，似乎稍稍放心，對彌助說：「看來你們相處得挺好，那麼彌助，萬事拜託了！」

她出門後，三隻小人魚圍著彌助，像小鳥般嘰嘰喳喳說個沒完：「你叫做彌助？我是若藻，一起玩吧！」「我是銀水，我喜歡玩貝殼。」「我是珊瑚，你看我的鱗片，不就像真的珊瑚嗎？」「快來看我的！」「跟我一起玩！」

彌助微笑看著三隻爭相撒嬌的小人魚，覺得真是可愛極了！他們一下去找埋在砂裡的貝殼，一下在岩洞內繞著圈子追逐，一下又互相噴吐氣泡，玩得好不快樂。

然而，才過沒多久，小人魚就開始央求彌助：「我們出去外面玩嘛！」

「欸？可是外頭很危險吧？有壞傢伙想捕捉你們，綾波御前交代過的呀！」彌助擔憂道。

「待在海底就沒事啦！魚網和釣線都垂不到這裡呀！」

「所以說我們出去嘛！我們想讓彌助看看海裡好多好多美麗的東西啊！」

「而且，阿娘沒說不能出去外面啊？」

的確，綾波御前並沒有特別交代「不能出去」，換言之，去外頭玩應該沒問題……？

彌助拗不過三隻小人魚，終於點頭：「好吧，那就出去一下下。不過，拜託你們不要東奔西跑喔！因為我還沒習慣游泳，對海裡的事也不熟。」

「嗯！我們一定會保護彌助。」

「就算鯊魚來了，我們也會幫你把牠趕走。」小人魚搶著說。

於是，彌助就被三隻小人魚拖著，往外頭的海中游去。

「呵呵，快啊！彌助，快跟上來呀！」

「這邊啦！這邊很美喔！」

「帶你去我們喜歡的地方吧！」

「唉呀，等一下嘛！」

「快啦！快啦！」

彌助拼命追趕三隻邊笑邊游的小人魚，游了一會兒，只見前方出現淡淡的光芒。那是一團淺紅色的光，再更靠近些，才看出原來是一株光芒燦爛的大樹。

那眞是一株巨樹。它佇立在白砂之中，樹幹粗壯，即使三個大人牽手也圈不住，雄偉的枝椏向四方盡情伸展，每根枝頭都開滿淺紅色的花。

居然是櫻樹！彌助吃驚得差點忘記呼吸。

現在是秋天，而且還是在海底，竟然能看見怒放的櫻花。只不過……似乎哪裡有點奇怪，眼前的櫻樹和平時見慣的好像不太一樣。

等他游近一看，才發現滿樹燦爛的櫻花瓣，其實都是櫻貝做的。

看著目瞪口呆的彌助，小人魚你一言我一語的介紹：「很久以前，海龜王化身成人類，登上陸地。」

「結果，他愛上了櫻花精靈。但他的戀愛沒有成功，最後又回到海裡。」

「只是，海龜王怎麼都無法忘記櫻花精靈，於是他就自己創造櫻樹。他蒐集黑珊瑚打造樹幹，又用許多櫻貝做成花。」

「當櫻樹完成，海龜王就待在花下不肯離開。經過好幾年、好幾十年，他就這麼仰望滿樹櫻花，直到安靜過世。這是阿娘跟我們說的。」

「是嗎？原來他那麼愛櫻花精靈啊！」彌助感嘆。這株櫻樹雖然很美，看起來卻有點哀愁，或許是因爲背後有個悲傷的故事。

「謝謝啦！帶我來看這麼美的東西。」彌助說。

「不不，還有更好的東西要給你看喔！」

「我們照顧的珍珠貝田地怎麼樣？」

「那還不如去看珊瑚森林！彌助一定會喜歡的。」

「誰說的？珍珠才是彌助喜歡的！」

「銀水欺負我啦！」

「珊瑚才欺負我！妳最壞了！」

珊瑚和銀水忽然開始吵架，彌助急忙把她們拉開：「喂喂，放手呀！姊妹不要吵架喔……咦？若藻到哪裡去了？」

不知何時，綠色的小人魚竟然不見了！彌助感覺全身的血液瞬間凍結。孩子走丟了！怎麼辦？找得到嗎？啊！爲什麼沒把他看緊呢？

他急得大聲呼喚：「若藻！若藻！你在哪裡？」

幸好，有個小小的聲音立刻回應：「彌助，這裡啦！」

聲音是從上頭傳來的。彌助抬頭一看，只見一個綠色的小點，沒錯！正是若藻。

他帶著珊瑚和銀水，急急往若藻游去。

太好了！沒事就好。彌助暗暗鬆了口氣，馬上繃起臉斥責若藻：

「傻瓜！不是說過不能自己游太遠嗎？」

「對不起！可是，那裡有好聞的味道……」若藻無辜的說。

「好聞的味道？」彌助不明白。

「嗯，聞起來非常好吃的味道！」若藻大聲說。

這時，珊瑚和銀水也興奮起來：「眞的！好香喔！」「好像很好吃！到底是什麼呀？」「是那個吧？是從那裡傳來的！」「我們去看看吧，珊瑚！」

「喂、喂！等一下！不行啊！喂！」彌助大聲喝止，三隻小人魚卻完全不聽他的，爭先恐後往上游去。

彌助拼命追趕，終於發現上頭有個東西。那是一個黑色的小塊，在水中漂浮不定，只是，它上面繫著一條線。

那是釣線！黑色小塊是魚餌啊！彌助死命游到三隻小人魚前面，好不容易才把他們攔住。

「彌助，不要欺負我們啦！」

「我要那個黑黑的東西！實在太香了！」

「拜託啦！拜託給我們那個嘛！」

彌助正想開口罵這幾隻吵鬧的小人魚，忽然「咻」的一聲，自己卻被什麼纏住了！眼前是一根比頭髮還細的絲線，瞬間就在彌助身上纏了好幾圈，令他動彈不得。

彌助大吃一驚，還來不及反應，就被往上拖去。

「啊！彌助！」
「你要去哪裡？」
三隻小人魚嚇得臉色大變，只能眼睜睜看著彌助被拖走。只聽他拼命大喊：「你們不要追上來！趕快躲回岩洞裡頭！在綾波御前回來以前，絕對不許再出來！」
「那、那彌助呢？」
「不用管我！照我說的做，快回去呀！」喊聲未落，彌助已經被拖上海面。
外頭的空氣依舊燥熱，才吸一口氣，肺似乎就要燃燒起來，皮膚也開始潰爛，簡直就像快脫皮了！
彌助苦苦掙扎，耳邊卻響起一個冷靜的聲音：「沒錯，是一隻人魚。你做得很好，水蜘蛛。」

「哼，累死我了！不過，這下欠你的債就還清了！我走啦！被釣鉤綁在腰上沉進海裡，這種苦差事可是下不爲例了！」

話聲剛歇，彌助感覺其中一方的氣息立刻消失了，然而，留下的那一個卻靠了過來，彎下腰說：「對不起……讓我割一點肉吧！我發誓不會殺你，只要一點點你的肉就好了！這樣我的養兒就有救了！」

這聲音，這口氣，最重要的是這感覺……儘管彌助的脖子扭得快斷掉了，還是勉強轉頭向後看去。

「千哥？」在瞬間的沉默過後，他尖叫起來。

「彌助？」對方也大叫。

沒錯，正是千彌！彌助大驚之下，隨即昏了過去。

第二天，彌助和千彌一起返回太鼓長屋。小人魚已經平安送回綾波御前身邊，彌助當然也不再是人魚身形。在他喝下淡水之後，魚心丹的效力就消退了。

然而，即使恢復人形，平安回到太鼓長屋，彌助的怒氣依然未消。等垂頭喪氣的千彌一坐下，他立刻大吼：「簡直太離譜了！你在幹什麼呀？沒想到綾波御前說的敵人就是千哥！所以說，你最近每天晚上都出去釣魚，原來是在打人魚的主意嗎？爲什麼？爲什麼做這種事？」

「這……彌助……」千彌無力的說：「對不起！沒先告訴你，眞對不起！」

「我氣的不是這個，難道你不懂嗎？」彌助沒好氣的說。

「當、當然知道！你說的沒錯，我一直都想釣人魚。只要吃了人魚的肉，人類就不會生病，還可以延年益壽。我想，就算讓彌助吃一口也好啊……」這是不得已的，千彌不斷解釋：「因爲，我很害怕呀！彌助的身體這麼虛弱，你只要咳一下，我就心驚膽跳，如果你發燒，我就更寢食難安了！所以，人魚的肉……」

啪嗒。

輕微的水滴聲打斷了千彌的話。那是彌助眼淚落地的聲音。

千彌驚訝得愣住了，只聽彌助聲淚俱下的吼道：「千哥，那是最不可原諒的錯誤吧？你爲了我，竟然去傷害別的妖怪？我……我不能原諒自己，都是因爲我，千哥才會做那種事，你教我該怎麼辦才好啊！」

彌助的眼淚令千彌彷彿遭到雷劈一般，僵在原地。比起被斥責或怒吼，養兒的哭泣更教他痛苦千倍。

忽然，千彌雙膝一跪，匍匐在地，哀求道：「彌助，對不起！我不會再犯了！我發誓絕不再犯了！拜託原諒我呀！不要哭，不要哭啦！求求你、求求你呀！」

在這涼爽的秋天早晨，只聽千彌的哀求聲，響徹小小的太鼓長屋。

4

奇異的好運道

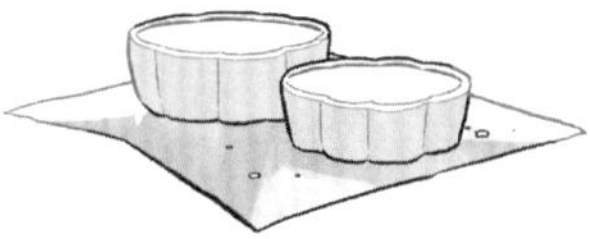

人魚事件之後的這幾天，千彌一直過得戰戰兢兢。對他而言，沒有什麼比讓彌助哭泣更難受的了，因此他加倍賣力的討好彌助。

可是，彌助卻故意不理他。

有生以來第一次，彌助覺得不能太快原諒千彌。他絕不允許類似的事再度發生，就算只是動了那種念頭，也已經罪孽深重，他必須讓千彌徹底領悟這一點。所以，他故意對千彌的殷勤視若無睹，讓千彌知道自己氣還沒消。

彌助冷淡的態度似乎令千彌很受傷，今天他忽然一聲不吭就出門了。

這下子，換彌助有點擔心起來。雖然心底知道絕不可能，他卻依然忍不住想：「千哥要是不回來怎麼辦？」

「是不是我做得太過火了……？也差不多該原諒他了吧！」彌助決定和千彌言歸於好，便開始盤算晚餐煮千彌喜愛的豆腐清湯鍋。他不只放豆腐，還加進大片的鱈魚，又煮了香噴噴的白米飯，再備好酒，就等千彌回來。

彌助想像千彌進門時的表情，不禁有點忐忑不安。

直到夕陽西下，千彌終於回來了。只不過，他竟然帶著一個小孩！

彌助大吃一驚，卻聽千彌開心的說：「這孩子名叫豐兒，從今天開始就是我們家的孩子。彌助，你好好照看她吧！」

「啥？」彌助莫名其妙，低頭仔細端詳那孩子。

小女孩看起來大約五歲，有一雙像小狗般又圓又亮的眼睛，臉色紅潤，身上穿的黑色與橘黃色紋樣和服，作工也十分精細。

無論怎麼看，她都不像是被遺棄的孩子。那麼，到底是從哪裡帶來的？彌助鐵青著臉，質問千彌：「等一下！千、千哥！這孩子是哪裡來的？難、難道是……誘拐嗎？」

「說什麼傻話！我只是看她沒有家，才把她帶回來的。彌助，你總不會絕情到叫我把這麼小的孩子趕出去吧？」千彌振振有詞的說。

彌助不理他，轉頭對那孩子問道：「妳好呀，我叫彌助。妳是叫豐兒嗎？妳眞的沒有家嗎？妳的阿爹阿娘呢？」

「沒有。」小女孩說。

「那有沒有親戚呢？有沒有妳想住一起的人呢？」彌助又問。

「沒有。」小女孩又說。

「是這個大哥哥……硬把妳拉來的嗎？應該不是吧？」彌助擔憂道。

「不是喔！」小女孩搖頭。

看來她好像不是千彌誘拐來的，彌助這才稍微放下心。

雖然如此，或許有誰在尋找這孩子也說不定。彌助轉頭對千彌說：

「我們把她交給官差比較好吧？」

「說什麼話！我才不幹那麼浪費的事。」千彌卻說。

「浪費？」彌助更加不懂了。

「總之不行啦！這孩子就是我們家的孩子，她要當彌助的妹妹喔！」千彌堅持道。

彌助壓低聲音，對固執的千彌說：「可是，我們家經常有妖怪上門，這孩子會嚇壞呀！她要是逃出去，在外頭亂講妖怪的事，可不就惹出大麻煩了？」

「不用擔心，這孩子對妖怪是見怪不怪。」千彌說。

「你怎麼知道呢？」彌助不解。

「我就是知道啊！」千彌微笑道：「不用問了，趕快來吃飯吧！這個味道是……豆腐清湯嗎？太好了！我正想吃呢！豐兒，我們去洗手吧！然後一起吃飯。妳喜歡豆腐清湯鍋嗎？彌助煮的豆腐清湯鍋可真棒啊！」

千彌一邊和豐兒說話，一邊教她洗手。接著，他又讓豐兒分食自己的豆腐鍋。晚飯後，甚至還陪她玩擲沙包。

那副熱心的樣子，令彌助看得眼睛差點掉下來。千彌原來對彌助以外的孩子毫無興趣，無論任何小妖怪上門，他總是沒好氣的說：「不要給我們彌助添麻煩！」甚至嚴加斥責。

到底是吹什麼風，讓千彌變了個人？彌助甚至開始感覺有點不舒服。

不，說不定這是千彌對他的報復。千彌故意對別的孩子示好，想讓他嫉妒。

無論如何，也只能再觀察看看，或許哪天會有人來接走豐兒。

於是當晚，他們三個就躺成一排睡覺。

第二天早上，千彌繼續對豐兒示好。他不停幫豐兒做這做那，又非常有耐心的陪她玩。

豐兒是個乖巧的孩子，無論沙包或玩偶她都喜歡。但是玩耍的時候，她卻不停觀察在做早飯的彌助。

這孩子好像有哪裡奇怪……彌助雖然心中狐疑，還是爲她煮了蛋花粥。豐兒吃得瞇起眼睛讚道：「好吃！」接著又小聲說：「彌助眞是勤勞啊！」

千彌一聽，立刻接口：「是啊！彌助很勤快，的確是個難得的好孩子。他個性溫和，又有勇氣，完全沒得挑剔。在這個世界上，沒有什麼寶物比彌助更光采照人喔！」

「啥？千哥！拜託不要說了！」彌助聽得快受不了。

「爲什麼？我說的都是眞話啊！哦，對了！彌助，等一下幫我買些甜點，我想給豐兒吃呀！」千彌又說。

「知道了……我現在就去。」彌助不想再聽千彌說話，一溜煙就跑了。才剛轉到大路上，卻忽然被叫住：「咦？這不是彌助嗎？」

他轉頭一看，忍不住暗暗叫苦。

原來那是太鼓長屋房東的兒子久藏，同時也是彌助的天敵。他自從夏天有了一對雙胞胎女兒，就變成晝夜都離不開女兒的傻瓜阿爹。

然而，他今天抱的卻不是嬰兒，而是一個包裹。

「怎麼啦？久藏，你今天一個人嗎？……終於懶得帶小孩了？」

彌助調侃他。

「說什麼傻話！我怎麼會對小公主厭煩？我看她們從頭到腳，沒有一個地方不可愛哪！爲什麼當爹的就沒有奶可餵呢？光是讓初音一個人餵奶，老天爺也太不公平了！」久藏說。

「那……你爲什麼一大早就在這種地方遊蕩？」彌助不想理他胡言亂語，便改口問。

「昨天晚上，聽說我娘倒下不起，我急忙趕回老家，原來沒什麼大礙，只是跌一跤，閃到腰罷了！不過我因此被留宿一晚，現在才要回家。對了，你要不要吃甜點？」久藏忽然問。

「啊？」彌助嚇一跳。

「我爹娘硬塞給我的，你拿去算是幫我忙啦！」久藏說著，就從包裹裡取出一個小點心盒，塞到彌助手裡。

「謝謝啦……」彌助只好說。

「那我就回去了！這可是婚後頭一次外宿啊！咦……我好像聽到

銀音在哭。哇，銀音！阿爹這就去抱妳了！」久藏大叫大嚷，提起衣襬便往前衝。

彌助看了忍不住搖頭，轉身往太鼓長屋走回去。

「我回來了……」他慢吞吞的說。

「哦，彌助，你可真快啊！」千彌出聲招呼。

「我在路上遇見久藏，他給我一盒甜點。」彌助說。

「久藏？」千彌問。

「是呀！碰見他不知算好運還是衰運。算了，得到一盒甜點總是好事吧！」彌助說著，打開美麗的紙盒，露出麥黃色的砂糖菓子。

千彌湊近鼻子輕聞一下，說：「哦，好像是用上等的砂糖做的。不過我不吃，彌助就跟豐兒一起吃吧！」

「好啊！豐兒，快來吃吧！」彌助招呼她。

「好，謝謝！」豐兒說。於是彌助分給她一個，自己也吃了一個。

「喀啦」一聲，菓子在舌尖輕輕化開，淡雅的甜味擴散口中，令人忍不住微笑。

「好吃！」「嗯，眞的好吃！」彌助和豐兒由衷讚賞。

一旁的千彌感覺到他們的喜悅，嘴角浮現神祕的笑容。只聽他低聲自語：「看來這回是挺順利了！」

又過了大概五天，豐兒還是待在太鼓長屋，千彌依舊殷勤的照顧她。

彌助曾經裝作不經心的問豐兒來歷，卻也只問出她的本名就是豐兒，以前住在一棟很大的房子，家裡是做賣油的生意。

由於問不出個所以然，他只好改向附近人家打聽：「有沒有哪個大油商的四、五歲女兒失蹤？」可是，依然沒聽說任何謠傳。

豐兒到底是從哪裡來的？爲什麼沒有任何人找她？彌助怎麼都想不通。

但是，千彌卻一副沒事人的樣子：「有什麼關係啊？這麼可愛的孩子來我們家，不是很好嗎？豐兒，我們去散步吧！對了，回家的時候順便給妳買玩具，喜歡什麼都買給你喔！」

見千彌要把豐兒帶出去，彌助趕忙叫住他們：「剛才鄰居利松嫂給我一些糰子，你們可別又在外頭亂吃喔！」

「哦，又有人送東西？最近收好多禮呀！」千彌愉快的笑道。

千彌說的沒錯，近來不時發生好事。像是經常有鄰居分送他們蔬菜或餐點，出門買東西屢獲贈品，走在路上也曾撿到零錢。這樣的事連續發生，反而有點令人害怕。彌助只覺詭異，甚至逐漸不安。

又有一天，千彌忽然提議要去廟裡。

他說：「附近的福滿寺不錯，我們三個一起去吧！」

彌助十分訝異：「福滿寺？今天是抽獎的日子，不是很擠嗎？」

「沒關係！其實，我也買了那裡的籤啊！」千彌從懷裡掏出一根細小的木籤，開心的說。

彌助更驚訝了：「你買了籤？我不是跟你說過，那種東西不會中的嗎？」

「可是，這次我有預感會中獎哪！快、快走吧！」千彌抓住豐兒的手，頭也不回就出門了。彌助雖然不相信，卻還是不得已追出去。

福滿寺的籤很便宜，因此獎金額度也低，只能說是庶民小小的娛樂。雖然如此，開獎日還是人山人海，又有許多露天攤販，就像節慶祭典一般熱鬧。

彌助怕豐兒被人潮推擠，便讓她騎在肩上，同時又擔心跟千彌走散，只得牢牢抓住他的手前進。

就在那當兒，前方有個穿白色和服的男人站在木箱前，慎重的抽出籤號：「三十二！第三十二號中獎！」

「哦哦——！」圍觀的人一齊騷嚷起來，個個低下頭看自己的籤，繼而搖頭苦笑。

彌助探頭去看千彌手上的籤——三十二。

「咦？」他一看再看，上面的數字還是沒變。三十二，正是中獎號碼！

「中、中了！」彌助低呼，千彌卻是一副得意的樣子：「呵呵呵，果然中了！我料的沒錯吧？」

「你料的……？」彌助不禁反問。

「走吧！我們去領錢，領了就走，要快點逃出這人擠人的地方啊！」千彌吆喝著，逕自往前走。

「喂、喂，千哥，等等啊！」彌助拼命想跟上在人群中靈活穿梭的千彌，卻聽「噗哧」一聲，原來是他肩膀上的豐兒在笑。

彌助忽然領悟。是豐兒！所有的好運道，都是從豐兒來了以後開始的。

他立刻把豐兒從肩頭抱下，直直盯著她又圓又亮的眼睛，問：「豐兒……妳到底是誰？」

「嘻嘻……」豐兒輕笑起來。

「所以說，妳是個座敷童子？」回到長屋之後，彌助繼續認眞的打量豐兒。

豐兒的眞實身分是座敷童子，也可以說是一種福神。只要座敷童子入住誰家，就能爲那家人招來福氣。不過，那家人要是偷懶怠惰，座敷童子也會對他們失去興趣。而被座敷童子捨棄的家，必然迅速衰敗沒落。

豐兒遇上千彌的時候，已經離開令她失望的油商一家，正在尋找下一個住處。

「千哥一發覺豐兒是座敷童子，就把她帶來我們家了？」彌助問。

「是啊！很好吧？」千彌心滿意足的說：「只要座敷童子住進我們家，就會有好事發生。今天不就是嗎？中了十兩的頭籤，可是此生難求喔！」

「千哥……」彌助不知如何接口。

「絕對不會出任何差錯喔！因為你跟我都不可能變成懶惰鬼，豐兒就會一直住在我們家。萬一我發生什麼事……」千彌忽然閉口，卻沒逃過彌助的耳朵。

千彌一定是想說，萬一他發生什麼不測，只要有豐兒在身邊，彌助就能好好活下去。

彌助驀的感到一陣恐慌，只覺千彌的身影似乎漸漸透明，終將消失一般，這陣子累積在心中的疑慮，如今一口氣膨脹起來。

「千哥……你想離開我嗎？」彌助終於說出口。

「說什麼傻話！我怎麼會離開你呢？就是叫我離開，我也會牢牢抓著你不放啊！這樣吧，下次我們去買更大的籤。對了，目黑的瀧泉寺怎麼樣？那裡的獎金更多呀！」千彌刻意轉移話題。

「千哥，這樣是不是太貪得無厭了？」彌助問。

「可是，人要活下去就需要錢啊！趁現在多存一點，以後的生活才有保障呀！」千彌又說。

唉，又來了！彌助不禁懷疑，千彌不斷考慮將來的事，到底是為什麼？為什麼他那麼擔心往後怎麼過呢？疑竇彷彿點燃的火苗，在彌助胸中蔓延。

等他回過神來，千彌已經不見了。

「欸？千哥呢？」彌助嚇一大跳。

「千彌剛剛出去了。有個女人來找他，說是家裡有誰腰痛，請他去看看。」豐兒答道。

「是、是這樣嗎？最近按摩的工作也增加了……這也是座敷童子帶來的吧？」彌助問。

「呵呵呵……」豐兒笑了笑，卻隨即收起笑臉，童稚的表情也瞬間消失。

眼前的座敷童子，不，應該說是福神豐兒，銳利的開口質問：「彌助，你希望豐兒離開這個家嗎？」這個問題雖然冷靜，卻充滿無比分量。

彌助微微顫抖，直冒冷汗，腦袋拼命運轉，好不容易才吐出眞實感受：「豐兒如果住這裡……想必我們會繼續走好運，每天會有豐盛的飯菜，還有溫暖的棉被，冬天也不怕受凍。不過……我認爲那些應該是靠自己努力換來的。」

光是坐等他人施予恩澤，好像會令自己喪志。換句話說，自己可能會變成收受什麼都不知感恩的人。

因爲如此，彌助深吸一口氣，說：「世上一定還有需要豐兒的家庭，所以……妳可以去眞正需要妳的地方嗎？」

豐兒睜大明亮的雙眼，眨也不眨的看著彌助。接著，她愉快的微笑起來：「我明白了！」

她站起身，卻沒有馬上離開，而是伸出手，輕輕撫摸彌助的臉頰。豐兒的手又小又涼，像羽毛一樣細柔。

「豐兒祈禱彌助和千彌得到幸福。雖然豐兒的祈願很小，還是希望可以多少給你們添一點力量……因為，今後一定會發生不得了的大事啊！」她輕聲說。

「大、大事？」彌助吃驚的問。

「是。不過，一定沒問題的……雖然會發生大事，但也會有好事。」留下這段預言般的話之後，座敷童子豐兒就從太鼓長屋消失了。

過了一會兒，回到家的千彌聽說豐兒已經離去，不禁大聲怨嘆：

「你為什麼教她走呢？我好不容易才把她帶來呀！啊——父母心兒不知，這句話的意思我現在懂了，發明這句話的人類頭腦可真好呀！果真如此哪！」

然而，千彌的悲嘆卻一點都傳不進彌助耳裡，因爲豐兒的話正在他腦中不斷翻騰。

今後，一定會發生不得了的大事……那究竟是什麼事呢？

彌助想著，感覺自己的後頸似乎升起一股寒氣。

5

健忘症的特效藥

座敷童子豐兒離去兩天後的晚上，彌助裝作不經意的對千彌說：

「千哥，我待會要去宗鐵醫生那裡一下。」

千彌一聽，立刻緊張起來，因爲鼬鼠妖怪宗鐵是個醫生。

「爲什麼你要去宗鐵那裡？啊！莫非你又發燒了？還是有哪裡痛呢？是不是？是不是？」千彌連珠炮般發問。

「不是不是。」彌助笑著搖手：「不是啦！萬一我們照顧的妖怪

小孩生病了，應該會很麻煩吧？所以，我想跟宗鐵醫生拿一點藥。」

「那我也一起去吧！要去那個地方畢竟不能大意呀！」千彌忙不迭說。

「不能大意？」彌助不懂。

「還不是因爲宗鐵的女兒美緒！」千彌倏的繃起臉：「她動不動就纏著你，眞是討厭透了。而且宗鐵非但不責備她，還怪罪彌助，叫你不要拐騙他女兒？笑話！下次我一定要好好跟他理論。」

「所以說，請你看家就好啦！千哥要是一起去，跟宗鐵醫生槓上，我可就拿不到藥了！」彌助趕緊說。

「哼……！」千彌大概沒法說出「才不會呢！」，只好不情願的住口了。

於是，彌助拜託隨後上門的玉雪，送他去宗鐵的住處。宗鐵家位於深山裡頭，空氣中充滿枯葉、苔蘚和泥土的味道。

「謝謝妳，玉雪姊。接下來我一個人就行了！」到達之後，彌助向玉雪道謝。

「什麼時候來接你呢？」玉雪問。

「這樣吧，請妳大約一刻後過來好嗎？」彌助說。

「好，那我走了。」語畢，玉雪就消失了。

彌助獨自上前敲門，裡頭立刻傳出聲音：「來了！」接著門就開了。

探出頭的是個九歲左右的女孩，臉蛋小巧，五官可愛，微黑的皮膚襯著細長矯健的手腳，正是宗鐵的獨生女美緒。她的父親是妖怪，母親是人類，因此生來就屬「半妖」。

一看見是彌助，美緒立刻綻開笑容：「彌助！」

「美緒，好久不見！」彌助一把抱住撲上來的她：「我聽說嘍！妳在學習當醫生？好厲害呀！」

「嗯，我在讀藥方的書，努力記住調配法和藥效。」美緒點頭說。

「哦，那不是很棒嗎？」彌助讚許道。

美緒被彌助稱讚，高興得笑起來。但她隨即收起笑臉，認眞的問：「彌助可是第一次來我家啊……爲什麼呢？發生什麼事了嗎？」

「我今天其實是想來跟宗鐵醫生請教一件事。」彌助坦然回答：「最近……千哥有點奇怪。怎麼說呢，就是變得很健忘。他經常說些顚三倒四的話……我想，宗鐵醫生大概知道哪種藥能治這症狀吧？」

「這樣啊……」美緒點頭，略帶歉意的說：「對不起，我爹不在家。他去幫受傷的管狐治療，回程還得去月夜王公那裡看看津弓的氣色，所以今天可能會晚點回來。」

「抱歉……我可以等他回來嗎？」彌助問。

「當然啦！快進來吧！」美緒讓彌助進起居間，接著立刻端出茶和甜點。

「對了，彌助，你想吃麥芽糖嗎？也有甜柿子喔！」美緒忙不迭說。

「不必特別招待我呀！這些就很夠了！」彌助笑道，內心卻頗失望。

沒想到宗鐵不在，他好不容易才敷衍千彌，從家裡溜出來哪！今夜要是見不到宗鐵，該怎麼辦呢？

美緒似乎察覺彌助的心思，忽的站起來，啪嗒啪嗒跑掉了。一會兒，只見她又跑回來，手裡抱著一本很厚的書。

「美緒，妳拿的是什麼？」彌助問。

「這是我爹寫的書，記錄著各種藥的調製方法。說不定，裡頭也會寫到治健忘症的藥喔！」美緒說。

「美緒……」彌助非常感激她的心意，胸口不禁發熱：「謝謝妳，那就讓我看一下吧！」

「好！」美緒用力點頭。

可是，才翻開第一頁，彌助就忍不住搖頭。宗鐵寫的書充斥艱深的文字和詞彙，只會讀寫平假名[6]和簡單漢字的彌助，三兩下就投降了。

不過，美緒卻很認真的讀下去。

「美緒，妳會念這麼難的字嗎？」彌助問。

「很多字不會念，不過也有大概認得的。」美緒頭也不抬的說。

「好厲害呀……我也得加把勁了。」彌助一字字掃過去，慢慢往下讀。但是，裡頭的意思他還是完全不懂。

直到桌上的茶都涼了，彌助的腦袋也開始發疼，忽然，一旁的美緒小聲輕呼：「啊！是這個吧！」

只見她指著攤開的書頁某處，說：「這個字是『忘』的意思。也就是說，這裡寫的是對健忘有效的藥方吧！」

「太神了！真不愧是宗鐵醫生！他真的知道該怎麼治啊！」彌助

忍不住歡呼。

這樣就能治好千彌了！再來只要請宗鐵醫生調配藥方就行，彌助想著，更加期盼宗鐵回來。

美緒眼睛眨也不眨的盯著彌助看，忽然小聲開口：「那……我幫你做這個藥吧？」

「欸？美緒，妳會做嗎？」彌助驚訝道。

「嗯，阿爹教過我許多配藥的方法，這裡寫的我不是全部會念，不過大致了解。煎藥或磨藥那些調配藥方的字，我幾乎都記住了。」

「好，那妳就做吧！我也會幫忙。」彌助趕緊說。

「嗯，你跟我來，就在這邊。」美緒帶彌助爬上閣樓。

閣樓裡有各種各樣的材料，最顯眼的是許多從未見過的草，依不同類別捆成束，一一懸掛在屋梁下。棚架上擱著成排的陶壺，角落裡還放著好些個大甕。

「這些……難不成全是藥材嗎？」彌助驚嘆。

「是啊！這些都是阿爹蒐集的。那我開始念書上的字，你把需要的材料集合起來。我搆不到的東西就拜託你了！」美緒說。

「哦，包在我身上！」彌助幹勁十足的說。

「我看看哦，首先……」美緒一手抱著書，騰出另一隻手開始抓藥。她先從一個個陶壺中抓出些許東西，順手放進旁邊的小碗。「還有……要兩條曬乾的赤目魚。彌助，你把那邊棚架的最上頭，左邊數來第四個陶壺拿下來給我。」她指揮道。

「好喔！」彌助聽命取下陶壺，打開蓋子，只見裡頭塞滿類似金魚的魚乾，每條都只有手掌般大，魚鱗漆黑。雖然那些魚已經乾巴巴的，眼睛卻仍發出紅色的異光。

彌助覺得有點噁心，趕緊將陶壺遞給美緒。美緒從中取出兩條魚乾，放進竹籃裡。

「謝謝，材料應該都備齊了，接下來只剩調配工作。」美緒滿意的說。

「眞的做得出來嗎？」彌助不放心的問。

「可以啦！」美緒嘟起嘴，頭也不回就咚咚走下閣樓，彌助趕忙追過去。

接著，他們進到最裡面的房間。那裡似乎是宗鐵的工作室，放著許多罕見的東西。針灸用的長針整齊羅列，還有大大小小各種搗藥缽和小槌子，另外書籍也爲數不少。

「哇！醫生的房間很有趣哪！」彌助讚嘆。就在他東看西瞧的時候，美緒忙碌的來回走動，先是熟練的在火爐上加炭，再把裝滿水的水壺放上去。

當她開始用小槌子將樹果般的東西搗碎，彌助在一旁問道：「有我可以幫忙的地方嗎？」

「哦，那麼等爐上的水燒開，你就把剛才的赤目魚乾放上小碟子，用滾水澆上去。書上寫赤目魚乾很硬，得先用熱水燙軟才能使用。」美緒吩咐。

「赤目魚就是這種紅眼睛的東西嗎？好，這個我會！」彌助在火爐前坐下，開始添加木炭，很快的，水壺就發出吱吱聲響。

「好，應該可以了吧！」彌助說著，便將滾水往兩條魚乾上頭淋下。伴隨著「嗤——」的蒸氣聲，黑色魚鱗很快轉爲鮮豔的橘紅色，乾癟的魚身也開始膨脹，愈來愈大。

「小碟子快放不下了，得找個更大的盤子才行……怎麼搞的，這些傢伙好臭啊！聞起來像魚腥草一樣！」彌助咕噥著，捏住鼻子，四處尋找大一點的器皿。

這時，美緒忽然大叫：「彌助，在你後面！」

「咦？」彌助轉身一看，頓時張口結舌。

只見他背後出現兩隻燃著朱紅火眼的大魚，正在空中飄浮擺動。明明被曬成魚乾，應該早已死透的赤目魚，現在卻復活了！而且這兩隻活魚，體型簡直跟彌助不相上下。

眼前的赤目魚睜著火眼，嘴巴一開一闔，彌助可以清楚看見牠們口中成排的森森利齒。

這下糟了！彌助猛一回神，兩隻魚便已撲了上來，張開大口，氣勢洶洶的向他衝去。不過幸好牠們的動作

不是很快，彌助立刻閃避，雖然逃過一劫，腳下的地板卻已經被咬穿。

要是被那張嘴咬住，一定會粉身碎骨的！

「美緒，我們快往山裡逃！可是我在夜裡看不見，就請妳帶路吧！」彌助大叫。

「好、好！」美緒驚慌的答應。

他們一跑出屋外，立刻被深沉的夜幕籠罩。由於伸手不見五指，彌助不由得放慢腳步，美緒見狀，趕緊抓住他的手。

彌助一邊被美緒拉著跑，一邊回頭看。只見漆黑的夜色中，閃爍著四團紅色亮光，如同紅燈籠般飄飄浮浮，緊追在後。

這兩隻魚絕不會放過我們！彌助腦中閃過這個念頭，不禁心底發毛。

另一邊，美緒飛快跑著，口中喃喃自語：「爲什麼？好奇怪……我沒念錯呀！沒想到赤目魚竟然活過來了……書上沒那樣寫啊！爲什麼？是哪裡錯了？」

「喂、喂！美緒，妳不要緊嗎？」彌助忍不住問。

「好奇怪啊！我、我應該沒做錯呀！」美緒又說。

這樣下去不行！彌助猛然停下腳步，緊緊抱住她：「美緒，妳撐著點！我知道這很可怕，也知道妳嚇到了，妳的心裡一定有很多疑問，但那些以後再想就好！現在我們必須趕快逃，妳只要專心想逃跑的事就行了！」

「彌助……」美緒囁嚅道。

「總之我們得逃去安全的地方，妳知道哪裡有隱密的藏身處嗎？」彌助問。

美緒終於穩定心神，對上彌助的目光，答道：「有、有的。前方的瀑布後面有一個洞窟，躲在那裡牠們應該找不到。」

「瀑布後面的洞窟？好，我們走吧！」彌助正要叫她帶路，一股魚腥草的臭味卻竄進鼻腔。

他倆立刻撲倒在地，只聽「呼——」的一道勁風颩過頭頂，接著響起一陣可怕的「喀啦喀啦」聲響。

彌助抬起頭，見那兩隻赤目魚正緊緊咬住粗大的樹幹，想來是打算攻擊他倆，卻咬上一旁的樹了。那棵被咬中的樹登時攔腰折斷，轟然倒地。

彌助和美緒才剛站起身，赤目魚已經轉了回來。牠們的眼睛發出紅光，彷彿火焰般熊熊燃燒。

彌助擋在美緒身前，順手拾起腳邊的一根樹枝，高聲大吼，試圖嚇退赤目魚：「哇、哇哇——！」然而，兩隻赤目魚卻不為所動。

忽然，其中一隻赤目魚游了過來，彌助伸出樹枝，往前一劈，正好擊中牠的頭頂。誰知「啪」的一聲，樹枝就像打到岩塊一般，立刻斷成兩截。

「這、這……」彌助不知該怎麼辦。

「彌助！」當他正發愣時，身後的美緒忍不住大叫。

不知何時，另一隻赤目魚也動了起來，往彌助側面猛力衝去。

逃不掉了！彌助不禁閉上眼睛。

就在這時，一道怪鳥般的黑影忽然俯衝而下，以迅雷不及掩耳的速度，黏上攻擊彌助的赤目魚。那隻赤目魚瞬間不再動彈，火紅的眼睛轉成白濁，巨大的身體頹然落地。

另一隻赤目魚見狀，似乎想逃跑，然而很快就被那黑影追上，滾落在地。

彌助護著美緒，死死盯著前方。他們得救了，可是，那黑影究竟是誰？

正疑惑間，眼前出現青色的火球，一個、兩個……漸漸照亮了四周，而站在那微光當中的身影是……。

「宗、宗鐵醫生！」彌助大叫。

沒錯，那正是鼬鼠妖怪醫生宗鐵。只見他束髮白衣，打扮就像個坊間的醫生，不過他的身體此刻卻燃燒著青色火焰，向和藹的眼神也充滿怒意。

「這是怎麼回事？」宗鐵沉聲喝問，令彌助背後的美緒嚇得縮成一團。

帶兩個孩子回到家後，宗鐵聽完他們述說經過，滿腔怒火一口氣爆發：「太荒唐了！美緒，阿爹告訴過妳多少次，調配藥方是非常困難的工作，妳要獨當一面還太早了！更何況妳還擅自調配沒做過的藥，阿爹真是對妳太失望了！」

「對、對不起，我、我……」美緒支支吾吾。

「不，我不想聽妳任何解釋。光是赤目魚的處理就錯了，不能一下子澆上滾水，得從冷水開始慢慢煮，不然牠就會復生哪！就是有這些個細節問題，所以妳還不能單獨配藥，我可是交代過無數次啊！妳一點都沒聽進去嗎？」宗鐵厲聲說。

見美緒哭喪著臉，彌助於心不忍，便小心翼翼的插嘴道：「拜託宗鐵醫生不要罵她了！這件事本來是我要求的，美緒只是幫我的忙罷了！」

「彌助，你不能這麼說。是美緒主動要幫你配藥的吧？那樣一來，就全是她的錯！」一向寵女兒的宗鐵，這回是罕見的嚴厲。

「再說，」宗鐵取出方才那冊調製藥方的書，加重語氣道：「這可不是治療健忘症的藥，相反的，這是消除記憶的藥啊！如果有人遭遇可怕或悲傷的事，因爲時刻無法忘卻而受苦，我就會給他吃能夠稀釋記憶的藥，也就是這個藥方哪！」

怎麼會……這下美緒受的打擊更大了！

看見女兒強忍哭聲，抽抽搭搭的啜泣，宗鐵的臉色總算稍微和緩：

「所以妳明白了吧？自己沒把握的東西就絕對不能出手。雖然挑戰是一件好事，但是身邊沒有人指導，也可能會發生危險。下次不能再犯了，知道嗎？」

「嗯、嗯，對不起……」美緒拼命點頭。

「好，那麼這事就到此為止。」聽宗鐵這麼說，彌助總算鬆一口氣。

見美緒還在哭，彌助摸摸她的頭，安慰道：「宗鐵醫生已經原諒妳了，不要再哭啦！」

「彌、彌助，對、對不起啊！」美緒哽咽著說。

「不用道歉，我才應該說對不起呀！是我的要求太無理，實在對不起。好啦，不要哭了！」彌助說。

宗鐵在一旁盯著彌助幫美緒擦眼淚，起初他的表情似乎寫著「可惡的傢伙！不要跟我女兒這麼親熱」，不過，一會兒就逐漸變溫和了。

「彌助，謝謝你保護美緒……怎麼說呢，如果是彌助，倒可以考慮把美緒託給你。」

「欸？在說、說什麼呀？」彌助似乎聽不懂。

「雖然這麼說，離美緒長大成人還要很久很久，在那之前，我是絕不會讓她離開身邊的！」宗鐵又說。

「這……我不知道您的意思……」彌助莫名其妙。

「不過那樣一來，問題就變成千彌了。他就像個心胸狹窄的公公，看起來是會欺負美緒。要真是那樣……我就給他扎上兩百針，讓他不能動彈……」聽到宗鐵開始說些不可理喻的話，彌助慌忙道：「那、那個先不管，我是來請教宗鐵醫生問題的！」

「請教？」宗鐵問。

「是的，是有關千哥的事。」彌助描述一遍千彌的情況。

「哦，是健忘嗎？」宗鐵聽完，沉吟道。

「是啊！最近忽然變得很嚴重……可以給我一些藥嗎？有沒有治療方法？」彌助急著問。

「很遺憾，沒有。至少我不知道。」宗鐵搖頭。

「是嗎？」彌助洩氣的垂下頭。原本的滿心期待，頓時變成滿滿的失望。

宗鐵看著灰心的彌助，溫和的說：「說不定千彌的健忘症也沒什麼大不了，最近不是發生一連串事件嗎？或許那些經歷占據他的腦海，取代了一些過去的日常記憶也說不定。如果是這樣，那麼與其求解藥，還不如用更好的方法。」

「是、是什麼？」彌助趕緊問。

「從前常吃的食物、常聞到的香氣等等，都可以讓千彌重新回味一下。味覺和嗅覺與記憶有很強的連繫，說不定可以喚起他的往日回憶喔！」宗鐵解釋。

「原、原來如此……那我試試看！」彌助點頭。

就在這時，敲門聲響起，是玉雪來接彌助。

彌助向宗鐵及美緒道過謝，就和玉雪一起走出宗鐵家。才踏出屋外，一股寒氣瞬間襲來，夜裡的山間畢竟偏冷，彌助忍不住打起哆嗦。

雖然如此，冬天的氣息還沒有降臨。今年氣候偏暖，秋天似乎比以往要長。

見秋色依然，勾起了彌助的思緒。

秋天……說到秋天的風物……。

「對了，玉雪姊。」他忽然喚道。

「哦，什麼事？」玉雪問。

「以前玉雪姊曾招待我去的栗子林，可以再帶我去一次嗎？今年天候溫暖，栗子成熟比較晚，現在正是果實落地的時候吧？我想多撿一些做栗子燉飯，那是千哥愛吃的啊！」彌助說。

「好啊！」玉雪微笑：「我正想跟你提這件事呢！那明天就去怎

麼樣？」

「嗯，拜託了！啊，對了！我找津弓、梅吉和右京左京一塊去好嗎？」彌助又問。

「當然好哇！」玉雪點頭。

「謝謝！那請稍等一下，我去邀美緒。喂，宗鐵醫生、美緒，再幫我開一下門哪！」

彌助精神奕奕的站在門口高聲呼喊，玉雪只是愛憐的注視著他。

6 平假名：日文書寫系統中的一種字母，由漢字的草書演化而來，外型和讀音都受到漢語的影響。

6

賞菊和栗子

那天夜裡，妖怪奉行所所長月夜王公，將廣大的宴客廳鋪成一大片菊花海。

白色、黃色、桃色、紅色……從巴掌大的可愛小菊，到足足有小孩臉龐那麼大的巨花，爭奇鬥豔，競相怒放。不僅如此，他又在花海中放任無數月光蝶翩翩飛舞，創造出如夢似幻的世界。

「嗯，這樣應該可以了吧！」月夜王公露出滿意的微笑。

身材修長，白髮披垂，喜愛鮮紅衣袍的月夜王公，容貌有如上弦月般俊美。雖然右邊臉孔被半個鬼面具遮蓋，卻因此更襯托出他的超凡絕俗。

月夜王公擺動著三條又長又大的尾巴，自言自語道：「那麼，差不多可以叫津弓過來了。他看見這景象應該會很開心吧？」

是的，月夜王公安排這場賞菊之宴，就是爲了討好甥兒津弓。他對這個甥兒無比溺愛，曾立誓無論如何都要盡力守護他，因此有時候不得不把他關在宮殿裡。津弓不喜歡被禁足，時不時會爲此哭鬧，月夜王公最怕甥兒的眼淚，總是心慌意亂設法討好他，今晚也不例外。

「吾已經關了津弓半月左右，可是……他爲什麼那麼愛出去玩呢？他要是到處遊玩，吾就無法專心奉公啊！」月夜王公私心希望，津弓見到這些菊花，會覺得留在宮殿比較有趣。於是，他使出法術創造豪華的菊花之間。

懷著忐忑不安的心情，月夜王公隔著門叫喚：「津弓，是吾。吾要進去了！」他一走進房間，津弓立即衝上前來。

津弓和月夜王公長得一點也不像，他的臉和身體都圓滾滾，像小狗般可愛。月夜王公有三條氣派的尾巴，津弓只有一條，而且又細又小，不過他的頭上倒是長著兩根角。

「舅舅！」津弓大喊。

月夜王公一把抱起投入懷裡的津弓，問：「你今天也是好孩子嗎？」

「是！我今天念了點書，可是已經厭了……舅舅，我到底什麼時候才能出去呀？」津弓問。
「呃……吾不能馬上決定。唉，你不要露出那麼失望的表情嘛！吾為了你，今夜特地準備非常美麗的東西，這就去看看吧！」說罷，月夜王公抱著津弓，往大宴客廳走去。
到了門口，他把津弓放下，溫柔的說：「你打開紙門看看，吾希望你自己開。」
津弓似乎有點驚訝，還是聽話的伸手拉開門。剎那間，菊花之海映入眼簾，看得他眼睛簡直快掉下來了！
「好、好棒啊！這些、這些、都是舅舅做的？」津弓結結巴巴的問。
「是啊！是吾做的，是特地為你做的。怎麼樣？你喜歡嗎？」月夜王公得意道。

「當然！哇，好美！還有，怎麼這麼香啊？」津弓歡呼道。

「呵呵呵，還有好多美食喔！全都是津弓喜歡的。今宵就是你和吾的宴會，要盡情享樂喔！」月夜王公笑道。

津弓躍進花海跑跳一番，再回頭抱住月夜王公：「謝謝舅舅，我好喜歡您啊！」

「哦——！」這句話正是月夜王公最想聽的。

然而，正當他陶醉在幸福中的時候，卻忽然被打斷了！

只見庭園那邊的紙門「砰」的被拉開，一名男子魯莽的闖了進來。

那是個不輸給月夜王公的美男子，但是氣質截然不同。他的容貌非常具有魅力，雖然頂上無髮，白淨的光頭卻顯出獨特的風華。即使雙眼緊閉，仍可以感受到他正直直注視著月夜王公。

月夜王公正在興頭上，出其不意被打擾，立即翻臉怒斥：「是你！你來幹啥啊？」

和齜牙咧嘴的舅舅相反，津弓笑著招呼來客：「千彌，好久不見了！咦？彌助沒一起來嗎？」

「彌助待在家裡。」千彌毫不在乎月夜王公的怒火，涼涼的說：「白天他去撿栗子，現在正把撿來的栗子剝殼，煮得又香又甜哪！」

「撿栗子？好棒啊！撿到很多嗎？」津弓羨慕的問。

「是啊！撿了好大一籮筐回來。他帶著烏天狗雙胞胎、梅吉和宗鐵的女兒美緒一塊去，幫手可多了。聽說他也約了你，你沒去嗎？」千彌問。

「啊？我不、不知道哇！我一點都沒聽說呀！」津弓震驚的搖頭。

這時在一旁悶不吭聲的月夜王公，對千彌露出一副「你少說兩句！」的表情。要是津弓知道自己沒把撿栗子的邀約告訴他，一定又會哭鬧，剛剛好不容易才讓他說出喜歡舅舅的啊！

千彌無視月夜王公惡狠狠的目光，繼續說：「哦，說不定是傳話的人沒傳好啊……梅吉他們還在我家喔！你要不要去看看？彌助做栗子燉飯可是很有一手呢！」

津弓一聽，眼睛就亮了。無論任何山珍海味，都不如彌助做的栗子燉飯吸引他。

他忽的轉向月夜王公，央求道：「我想去！舅舅，讓我去好嗎？拜託啦！」

「呃，這個嘛……」月夜王公點不下頭。

「不行……嗎？」津弓快哭了。

「沒、沒說不行。可是……這裡的料理怎麼辦？你要是去那邊，吾可就吃不完哪！不覺得浪費嗎？」月夜王公拼命想表達「你去了吾會很寂寞的！」但是，稚幼的津弓卻一點都沒領會。

只見津弓笑著說：「沒關係，分給宮殿裡的大夥兒，他們一定會很高興！拜託就讓我去嘛！」

「呃……好吧！」月夜王公只得答應。

「謝謝您！」津弓說完，頭也不回的飛奔出宴客廳。

轉眼間，廣大的廳堂愈來愈暗，月光蝶紛紛跌落地面，菊花開始凋謝，香氣也漸漸稀薄。

在一片頹唐光景中，月夜王公對千彌怒目而視：「你真是……掃興啊！」

話聲剛落，菊花海忽然發出「砰砰」聲響，花朵紛紛彈跳起來，變成紅色的火焰向外蔓延，火舌如同蛇信一般，不斷舔拭著千彌的手腳。

不過，千彌似乎一點都沒感覺到熱氣，動也不動的說：「算啦！這種唬人的把戲對我沒用。先不管這個了……」

「先不管哪個？你到底有多大牌啊？出去！吾再也不想看到你的臉了！你要是再不走，吾就要用法術把你轟出去了！」月夜王公怒吼。

千彌聽了，終於改變態度，他的臉上浮現求救的表情：「其實，我是有點困擾。除了你，好像還找不到可以商量的對象。請你聽我說……雪耶，拜託！」

「哼……」月夜王公氣得咬牙。只要千彌喊他「雪耶」就準沒好事，換句話說，也一定是非常棘手的事。

他猶豫了半晌，最後還是點頭：「吾就聽你說。不過，說完你就馬上回去，聽到沒有？」

「知道了！」千彌答應。只聽「咻——」的一聲，周圍烈焰瞬間消失無蹤，宴客廳又變回原來的模樣。

他倆相對而坐，千彌緩緩說起原委。

「記憶在消失？是怎麼回事？」月夜王公不明所以。

「是的，我記不得自己是什麼時候初遇彌助，也記不得其他許多事，每天都有不同的記憶消失，就像個破了口的布袋，豆子不斷從裡頭掉出去。雖然我想把洞口塞住，卻完全辦不到，無論怎麼做，豆子還是繼續往外漏。這真的……很可怕啊！」千彌說。

「可怕？你會覺得可怕？」月夜王公有些詫異，千彌卻點頭道：

「非常可怕！說也奇怪，我怎麼都想不起那些忘掉的事，卻很清楚自己正在失去記憶。啊，又忘記了！又失去了！每當出現這種感覺，就好像身體破了個洞一般。還有……」

「還有？」月夜王公追問。

「我忘記的……全是跟彌助有關的回憶。其他人事物我全部都記得，只有跟彌助共度的日子逐漸模糊消失。這種痛苦和恐怖是前所未有的，簡直比手腳被截掉還難受啊！」千彌不由得捏緊拳頭：「這一切……果然都是那時候造成的嗎？」

「想必是如此啊！」月夜王公點點頭。

千彌所說的，就是彌助差點喪命的那時候。

大約四個月前，有個妖怪從妖怪奉行所的冰牢逃脫。那是女妖紅珠，她迷戀著月夜王公，同時也憎恨千彌。

爲了將月夜王公據爲己有，紅珠很快展開一連串行動，而在她的報復計畫中，彌助也成了下手的目標。當時，千彌鐵了心要守護彌助，不惜再度恢復大妖白嵐的原形，也因此終於讓彌助倖免於紅珠的毒手。

然而，千彌早已被妖怪界禁止恢復白嵐身分，那是絕對不能打破的戒律。一旦違背誓言，就會受到嚴重懲罰，此爲妖怪界千古不變的鐵則。

回想起當時的經過，千彌苦惱的掐住自己喉頭，說：「我的眼珠……明明在毀滅紅珠之後，就立刻還給姑獲鳥了啊！」

「重點不是這個，你應該很清楚吧！你自己發下重誓，絕不再取回眼珠。對我們妖怪而言，立誓是如何深重，破戒是何等大罪，你完全明白吧？」月夜王公一字一句的說。

千彌只是沉默不語。

「破戒的懲罰無比重大，你應該早有覺悟吧？」月夜王公又問。

「嗯……我是有覺悟。可是……沒想到會這麼殘酷啊！」千彌無力的垂下頭，令月夜王公不禁啞然。

這是白嵐嗎？那個曾經是自己摯友的大妖？這麼軟弱、這麼悲傷的他，看了實在於心不忍……。

月夜王公好不容易擠出聲音，說：「那麼……你為什麼來找吾？」

「你可以用妖力讓我的記憶不再消失嗎？我已經放棄失去的部分了，但我不希望再繼續消失下去啊！」千彌神情悲愴，月夜王公不禁別過臉去。

「不行。就算是吾也辦不到。無論用任何妖術、任何法力，你的記憶還是會繼續消失……這件事，彌助知道嗎？」他問。

「當然不知道，我什麼都沒說！請你也發誓絕不告訴彌助。」千彌慌忙答道。

「可是……他遲早會知道吧？彌助是不是開始發覺有異了？」月夜王公又問。

「嗯……他是覺得我很奇怪。可是我……再怎麼樣也不想讓彌助知道這件事。要是說了，他個性那麼善良，一定會自責的。我最厭恨的就是那種結果啊！」

「那你……今後怎麼打算？」月夜王公頓了頓，才問。

「我想過……要離開彌助，也試過各種方法，希望就算沒有我，他也能幸福度日。可是……終究失敗了！我就是想跟他在一起。雖然是我自己放不下，但我就是不願離開他，我離不開呀！」千彌彷彿泣血般痛苦的聲音，令月夜王公心頭一緊，登時無語。

很快的，他回過神來，哼了一聲說：「所以，你已經下定決心了？那事情就簡單了，你繼續待在彌助身邊吧！」

千彌驚訝的抬起頭，只聽月夜王公沉重的說：「你確實是在失去。那些過去的回憶，最後應該會完全消失吧！不過，彌助不是一直在你身邊嗎？他跟你度過的每一天，將會彌補你失去的日子。想想看，每失去一個記憶，不也會再生出兩三個新的回憶嗎？即使不能阻止河川奔流，但河川本身並不會消失啊！與其怨嘆失去的日子，不如為新生的每一天歡喜。」

「新生的每一天……」千彌喃喃道。

「沒錯。你最大的願望不就是待在彌助身邊嗎？所以，其他事就不用多想了，只要實現這個願望就好。」月夜王公正色道。

千彌細細咀嚼月夜王公的話，臉上逐漸浮出笑意，那是宛如花朵綻放般美麗的笑容：「是啊！沒錯！」

「看開了嗎？」月夜王公問。

「嗯，我不再執著於從前的日子了……跟你說這些話，心裡輕鬆多了！謝謝你，雪耶。」

「不准叫那名字！這樣行了吧？你快回去！」月夜王公揮手道。

「這就回去！」千彌應道，立刻起身走了。

他離去之後，月夜王公依舊坐在原處，陷入沉思。

方才他見千彌沮喪的模樣，爲了給他一點安慰，忍不住說「只要實現這個願望就好」，可是……眞有那麼簡單嗎？當所有記憶都消失以後，那傢伙還會像從前一樣疼愛他的養兒嗎？

不祥的預感，在月夜王公胸中隱隱蔓延開來。

與此同時，太鼓長屋的彌助和小妖們，正在合力做栗子燉飯。

彌助先用木槌敲打撿來的一大籮筐栗子，等果殼一一碎裂後，就由梅子妖怪梅吉、烏天狗雙胞胎右京和左京負責收集果肉。

長得活像顆青梅的梅吉，身高只有一寸半左右，雖然力氣不大，手腳卻很伶俐，能把沾黏的栗子薄皮剝得乾乾淨淨。右京和左京雖然不如梅吉靈巧，卻也非常努力剝著。

在廚房那邊操鍋的是玉雪，她正在做栗子的甘露煮[7]。

然而，卻不見美緒的蹤影，原來她把撿來的栗子分走一些，就先回家了。她說：「爹爹喜歡吃烤栗子，我想早點回去烤給他吃。」彌助心想，美緒現在應該正與父親吃著又熱又香的栗子吧！

忽然，左京開口了：「彌助，剝這些應該夠了吧？」

「哦，這麼多了嗎？不愧是左京，好用心哪！那麼，我就來準備米吧！」彌助笑道。

「彌助，這回煮甜一點好嗎？」梅吉問。

「好！梅吉，包在我身上！」彌助幹勁十足的吆喝。

其實，這已經是他們做的第二鍋栗子燉飯了。第一鍋煮好以後，他們五個就吃得精光，一粒米和一點栗子渣都沒剩下。因爲太好吃了，他們都打算帶回家當禮物，於是便開始準備做第二鍋。

就在那時，津弓來了：「晚安！彌助！梅吉、左京、右京、美緒！

你們在嗎？」

見他飛奔進來，死黨梅吉立刻大喊：「你怎麼現在才來？爲什麼沒來撿栗子呢？」

「因爲沒人通知我呀！我剛剛才知道呢！」津弓委屈的說。

彌助、玉雪及津弓以外的小妖們一聽，立刻互相交換眼色。

一定是月夜王公搞的。

沒錯，一定是。

絕對是他。

右京也是這麼想。

一定是……那個……他不想讓津弓少爺外出吧！

結果津弓還是來了，那麼，被丟下的月夜王公，也是有點可憐哪！

彌助輕咳一下，說：「喂，津弓，我們正在做栗子燉飯。等飯熟了，就捏幾個飯糰給你，帶回去給月夜王公吧！」

「那太好了，月夜王公一定會非常高興！」右京說。

「好主意，左京也這麼想。」左京說。

「我也覺得！喂，津弓，他一定會很高興，你就帶些回去吧！」梅吉附和。

聽大家左一句右一句，純眞的津弓精神就來了：「好！我這就做！我要爲舅舅做飯糰喔！」

「好極了！」彌助說。於是他們用借來的大陶鍋，放進米和大量切碎的栗子，再升起火。接下來只要顧好火勢，在一旁等待就行了。

這時，只聽玉雪喊道：「做好了！」接著端出一盤栗子甘露煮。

甜蜜濃稠的甘露煮一下肚，內心登時充滿了幸福感，令人忍不住一個又一個，吃個不停。看著盤中的甘露煮愈剩愈少，玉雪忍不住笑逐顏開。

吃到一半，津弓忽然嘆了口氣，梅吉偏著頭問：「怎麼啦？嘆什麼氣？」

「嗯……我每天都自己吃甜點，雖然那些全是舅舅派人到處去找來的……不過，像這樣跟大家一起吃點心，不知好吃多少倍啊……唉！要是能常常和你們一起吃點心或吃飯就好了！」

見津弓寂寞的低下頭，彌助便順勢說：「我覺得月夜王公的心情也是一樣喔！他其實很想每天跟津弓一起吃飯哪！」

津弓想起舅舅在菊花之間準備的山珍海味，登時恍然大悟。只見他開始坐立不安：「我……等栗子燉飯煮好，我就回去了！我要跟舅舅一起吃燉飯。」

「那可好啊！」大夥兒溫和的笑了起來。

不久，栗子燉飯就熟了。他們忍著燙手的熱飯，開始捏飯糰。

「哇！好燙呀！」津弓大叫。

「喂，津弓，你看，像這樣把飯放在掌心滾動，就不會太熱了！哦，右京和左京學會了，做得很棒啊！梅吉……你太貪心了吧？那麼大一個，是怎麼捏的呀？」彌助一一照看小妖怪。

「嘿嘿嘿，我很厲害吧！」梅吉得意的笑。

大夥兒七嘴八舌，開開心心的捏飯糰。沾到手上或臉上的飯粒，順手就丟進嘴裡，也是一大樂趣。

直到陶鍋見底，他們也心滿意足了。彌助將捏好的飯糰用竹葉包起來，問：「津弓，你要帶幾個回去？」

「這個嘛，我要這兩個自己捏的，還有那一個大的。」津弓手指著說。

「好喔，右京和左京呢？」彌助又問。

「我們想帶走四個。」雙胞胎兄弟說。

「了解！梅吉呢？」彌助再問。

「我要一個就好了！不過，要最大的那一個！」梅吉說。

「可以是可以，但它比你還大喔！你抱得回去嗎？」彌助問。

「沒問題！」梅吉大聲回答。

於是，津弓緊緊抱著竹葉包的飯糰，先回家去了。右京和左京不放心他單獨走夜路，便跟著一起回去。

梅吉卻沒馬上走，而是瞪著剩下的飯糰。眼前的飯糰還剩很多，堆成一座小山似的。

「剩下的這些就算給彌助、千彌和玉雪三個分著吃……未免也太多了！你們應該吃不下吧？」梅吉問。

「是啊！就分給鄰居吧！」彌助說。

「對了！我們送去給初音公主怎麼樣？」梅吉眼睛一亮：「她現在有兩個寶寶，一定沒空煮應時的栗子燉飯。要是收到這禮物，她應該會很高興吧！」

「也是呢……可是，有初音公主在的地方，就有久藏哪！」彌助皺眉道。

「那是她的丈夫，當然在啦！我們走吧，就分給他們一些，我還沒仔細看過雙胞胎呢！上次去的時候，她老公抱得好緊，都不讓我靠近。」梅吉說。

「現在還是一樣啊！他說只要是公的，就是貓也不能靠近他的雙胞胎女兒。不過……算了，就去看看吧！」彌助無奈的說。

「贊成！」玉雪插嘴道：「我也跟你們一起去。我很久沒問候久藏和初音公主了。」

「那就走吧！」彌助拿起飯糰竹葉包，肩膀乘著梅吉，和玉雪一起走上夜路。

途中，梅吉忽然開口：「對了，千彌還沒回來啊……彌助，千彌最近是不是有點奇怪？」

彌助一聽，猛然停住腳，問道：「爲什麼你會這麼想？」

「前幾天……千彌來我家，說是梅乾吃完了，想再拿一些……那時候，他問了我很奇怪的問題。」梅吉說。

「奇怪的問題？」彌助問。

「嗯……他問我，是不是有給彌助照顧過欸！」梅吉偏著頭說。

「啊……」彌助說不出話來。

梅吉不僅被照顧過，他還是彌助第一個托顧的小妖怪啊！這件事千彌怎麼可能不知道呢？

見彌助愣在原地，梅吉有點遲疑的繼續說：「即使是一時忘記，也是很嚴重的健忘啊！所以我一直心裡有個疙瘩，想說跟彌助提一下比較好……」

彌助還是說不出話。

「彌助？你不要緊嗎？」梅吉見彌助不回答，求救似的轉向玉雪：「玉雪姊……」

玉雪立刻轉身，溫柔的抱住彌助，冷靜的說：「的確，這個……我最近也覺得，千彌似乎有點奇怪……可是，現在就算問他，他應該也不會說實話吧？所以，彌助只能等待了。」

「等待？」彌助不懂。

「是的。當千彌眞的需要你，向你求助的時候，你再去幫他。這樣比較好吧？」玉雪緩緩說。

玉雪體貼的勸慰，讓彌助心底升起一股暖流：「是啊……妳說得對。除了等待，也沒有別的辦法。我只要隨時準備好讓他傾吐，讓他隨時都能受到幫助，那樣就夠了！」

「是的。」玉雪說。

「嗯……謝謝妳，玉雪姊！」彌助點頭。

玉雪微微一笑，梅吉也不再說什麼了。

見彌助一行來訪，久藏和初音非常高興。

「哇，是特地送栗子燉飯來嗎？謝謝！」初音說。

「哦，眞多謝！初音和我今年都還沒吃過栗子哪！來吧，請進，我給你們泡茶。」久藏說。

於是彌助他們就不客氣的進門了。

久藏大方的讓玉雪抱兩個女兒，卻不許彌助和梅吉靠近她們。

梅吉被久藏下令退後三步，忍不住抗議：「怎麼這樣！我就這麼小一個，你也覺得危險嗎？」

「你不是男的嗎？」久藏瞪大眼，目光凶狠的對梅吉說：「那就不行！任何男性都絕對不准靠近這兩個孩子，我規定的！」

「那、那你自己不也是男的嗎？」梅吉大聲還嘴。

「我是例外！我是孩子們的父親哪！可是你們不行，不行就是不行！」久藏大聲叫嚷，初音看不過去，終於開口喝止：「你不要再說啦！不是跟你講過幾百次，這兩個孩子就算要出嫁，也是很久很久以後的事啊！」

「我絕不會讓她們出嫁！銀音跟天音，都要永遠待在我身邊！」

久藏繼續嚷著。

「唉，不要胡鬧了！」初音厲聲說：「趕快讓彌助和梅吉看我們的孩子，快點呀！」

「呃……初音……」久藏一副不情願的樣子。

「你擺出那種表情也沒用，快點啦！」初音說。

見初音對久藏不假辭色，彌助忍不住拍手叫好：「初音公主氣勢變強了呢！嗯，看起來就像個能幹的太太啊！」

總之因爲初音一句話，彌助和梅吉終於能靠近寶寶們，仔細端詳。

出生兩個半月後，雙胞胎姊妹已經很有樣子了。她們和初音一樣，皮膚雪白，眼睛秀麗，鼻梁挺直，就是打個哈欠也非常可愛。

彌助和梅吉陶醉的看著兩個小嬰兒：「好可愛啊！」「呵呵，眞的呢！」

正當他們看得心中暖洋洋，彌助忽然想到，這兩個孩子繼承妖怪初音和人類久藏的血統，究竟會比較像哪一邊呢？是像人類？還是像妖怪？如果她們出現強烈的妖怪特質，是不是就會轉到妖怪界生活呢？

彌助忍不住道出心中疑慮：「初音公主……這兩個孩子比較像哪一邊呢？我不是說臉，是說……」

「啊，你是說血統？是傾向妖怪或人類嗎？」初音問。

「嗯，是……」彌助不好意思明言，卻見初音和久藏對看一眼，接著一派輕鬆的聳聳肩：「我們還不知道喔！」

「這個嘛，像哪邊都好啦！」久藏說。
他們不以爲意的回答，令彌助呆了呆：「都、都好嗎？」
「是啊！無論像哪邊，她們都是我們的孩子啊！」久藏又說。
「是的，沒錯。無論像誰，都是我們的寶貝。」初音也說。
久藏和初音相視而笑，顯然對他們而言，該守護的是什麼，要看重的是什麼，都已經很篤定了。彌助心想，自己也要向他們學習。
他很清楚，現在千彌和他的關係搖擺不定，就像在狂風暴雨的海上漂流的小船。如果兩人都驚恐慌張，就會雙雙沉下去。至少，他要讓自己成爲一個沉穩的錨，好好定住千彌。
彌助下定決心，默默鼓勵自己。

待了約小半個時辰，彌助一行才離開久藏家。彌助和梅吉都很滿足，梅吉終於見到寶寶，而彌助則從久藏一家得到他想要的解答。

只是……也不是完全安然度過。只聽梅吉呻吟道：「可惡！我被他指頭彈到的地方還很痛啊！」

「我也是啊！他捏我的臉，到現在還在發麻，那個混蛋……！」彌助也咒罵。

那個混蛋，指的當然是久藏。他見寶寶們對彌助和梅吉綻開笑臉，立刻大叫大嚷著朝他們撲上去。

「有那樣的父親，那兩個孩子一定很累，將來會很辛苦喔！在我看來，那個阿爹就跟千彌一樣哪！」梅吉有感而發。

「什麼話？千哥跟久藏可是天差地別呀！」彌助立刻抗議。

「是嗎？我感覺好像都一樣啊！」梅吉也不認輸。

一旁的玉雪忍不住偷笑，插嘴說：「好啦好啦，你們兩個。說別人的壞話，就到此爲止吧！」

「玉雪姊是不是對久藏太好了？」梅吉忍不住說。

「沒那回事，眞要說我對誰最好，就是彌助呀！」玉雪笑答。

彌助無言以對，梅吉卻咯咯輕笑起來：「你們都那麼寵彌助，眞羨慕啊！」

「你、你多嘴！」彌助斥道。

笑鬧之間，他們已經走到太鼓長屋附近。

玉雪停下腳步，對彌助說：「那麼，我就送梅吉回去了。」

「那就拜託了。今晚大概不會再有誰來托兒，玉雪姊也請回家好好休息吧！今天眞是多謝！」彌助行禮說。

「不不，我也很開心。明年我們再一起去撿栗子吧！晚安。」玉雪說完，將梅吉放在掌心，隨即消失在暗夜裡。

彌助穿過巷道，往自己家走去。到了門口，卻驚訝的看見屋裡漏出燈光。看來千彌回家了，他感覺安心了點，不禁露出笑容。

於是，彌助悄悄推開門，千彌果然在裡頭。只見他背對門口，安靜的坐著，似乎在沉思。

彌助忽然興起惡作劇的念頭。對了，很久沒跟千彌玩了！那是他從前經常玩的遊戲，只要從背後悄悄撲上去，千彌就會開心的笑著接住他。

彌助躡手躡腳走進屋裡，忽的一下往千彌背後撲去。

下一瞬間，他只覺得身體騰空翻了一圈，接著重重摔在堅硬的地面上。

「哇——！」雖然沒撞到頭，但彌助感覺身上的骨頭好像快碎了，痛得幾乎不能呼吸。

怎麼了？爲什麼？怎麼會這樣？

正混亂間，彌助一抬眼，卻瞥見千彌鐵青著一張臉。

「彌、彌、彌助……啊！我怎麼會這樣？彌助啊！」千彌抱起彌助，哭嚎般的叫著：「對不起！眞的對不起！很痛吧？我實在是太不應該了，我不知道是你呀！要是知道，絕對不會把你甩出去啊！」

聽他這麼一說，彌助才明白自己是被他猛力甩飛了。

彌助忍著痛，斷斷續續的擠出聲音：「你、你不知道，是我嗎？」

「不知道。要是知道，我怎麼可能這樣對你呢？啊——！」千彌忽然連連後退，他的五官因恐懼而扭曲：「不知道……我應該要知道是彌助，絕對不可能出錯……難道我連彌助的氣息都忘記了嗎？」

「千、千哥？」彌助不知他在說什麼。

「啊——完了！完了完了完了！」千彌忽然淒厲的人吼起來，幾乎像要吐血一般：「我以為只會失去記憶，那還可以忍耐！可是我太天眞了！還是不行啊！這樣下去，我會讓你受傷的……彌助，對不起，我眞想永遠待在你身邊。我唯一的願望，就是待在你身邊。可是……已經完了！」說完，千彌便轉身背對彌助。

彌助很清楚的感覺到，千彌想離他而去。他勉強提起還發麻的手，拼命伸向千彌：「千、千、千哥，不、不要走！」

「記得不要著涼了！」千彌背向彌助，溫柔的說：「每天都要吃飽飯，還有，托顧所的工作不要接太多……碰到什麼困難，就找玉雪和久藏，還有……月夜王公應該也會助一臂之力。只要有他們三個在，你就會沒事的。」

「不行……你過來呀！到我這裡來啊！拜、拜託啊！」彌助哀求。

「對不起……你要保重啊！」千彌說完，立刻飛奔出去了。

「千哥！等等啊，千哥！」彌助聲嘶力竭，不停的呼喚千彌。

可是，千彌再不回來。

---

7 甘露煮：日本傳統的一種料理方式，用糖、水、味醂和少許鹽將食材煮成黏稠狀，味道濃郁，也耐於保存。

7

千彌的逃避之行

千彌拼命往前跑。

他告訴自己，必須離開彌助，離得愈遠愈好，絕對不能回頭。

只要一回頭，他就會被「不捨」打敗，說不定又不由自主的晃回彌助身邊。這麼一來，是否會再次傷害心愛的養兒……？

「嘖！」千彌狠狠咬住嘴唇，幾乎要咬出血來。

他並沒有流淚，也沒有時間流淚。隨著腦袋漸漸冷靜，他越發感

覺自己非做點什麼不可。

終於，千彌跑到一幢民房門口，只見門縫中漏出燈光，裡頭隱隱傳來快樂的笑聲。那是個充滿幸福的家庭，那般幸福，曾是他和彌助想永遠守住的。

懷著彷彿內心被撕裂般的痛苦，千彌輕輕叩了叩門。屋裡立刻傳出聲音：「誰啊？」

「久藏，是我。」千彌答道。

「阿千？」只聽一陣匆忙走近的聲響，久藏隨即打開門：「果然是阿千！怎麼啦？彌助沒跟你在一起嗎？」

「嗯，我不能再待在彌助身邊了！」千彌的回答，令久藏大吃一驚：「阿、阿千，你在開、開什麼玩笑啊？」

「我會拿這種事開玩笑嗎？是真的！從今晚開始，我就必須離開彌助了。所以久藏，還有初音公主……」千彌頓了一下，轉向正在屋裡抱雙胞胎的初音：「那個孩子、拜託照顧彌助那孩子。如果他遇到什麼麻煩，拜託你們出手相助。請好好守護他，直到他長大成人。」

千彌說完，深深的低下頭。

久藏和初音都不知所措。

「千彌，究竟是怎麼回事？」初音終於開口。

「是啊，說這種話，不像阿千的作風呀！」久藏也說。

「很抱歉，我想，可以託付彌助的地方也只有你們一家了。總之，千萬拜託了！」千彌再度低頭。

「啊，等等，阿千！等等呀！」久藏大呼。

然而，千彌躲開久藏伸出的手，像風一般奔逃進暗夜裡。

久藏應該會守護彌助，萬一發生什麼事，也能助他一臂之力吧！接下來，自己又該怎麼辦呢？千彌駐足思考著下一步。

彌助。只要自己不回去，彌助一定會拼命找他。但是，千彌很清楚他們不能再見面了。他必須藏身在彌助絕對找不到——或者，就算找到，也絕對觸摸不到的地方。

「藏身處……」千彌忽然想起記憶中的某個所在，便再次動身，飛奔而去。

天快亮的時候，千彌出現在一座大山的山頂附近。

這裡叫做鈴白山，是這一帶最險峻寒冷的山。此刻，山頂覆滿白雪，千彌踩著積雪前進，努力尋找什麼。

終於，他找到了。那是岩壁上一道很深的裂縫，從裡頭吹出來的風，寒冷得似乎能將身體凍結。

千彌對著那個裂縫，像呼喚般唱起歌來。

飄飄飄　白雪落下來
守著白山的是　比雪更白的細雪丸
咻咻咻　吹雪在呼喚
那裡有孩子被凍僵
這裡有孩子被雪埋
跑啊　跑啊　細雪丸

救了孩子　等待春天
飄飄飄　白雪落下來
雖然積雪到春天　誰也不受凍
只要有　細雪丸
只要有　細雪丸

千彌的歌聲並不大，卻很清澈嘹亮。就在這時，裂縫裡忽然躍出一個妖怪。

那個妖怪彷彿是雪的化身。他有著少年的外貌，雪白的肌膚微微浮現青色的鱗，眼睛像寒冰一般湛藍，身上穿的淡青色和服輕薄如無物，縱使只有微風吹拂，也會飄舞起來。

妖怪少年似乎非常意外，一句話都說不出來。千彌淡淡的問：「你還記得我嗎？」

終於，妖怪少年呼出一口氣，臉上浮現笑容：「當然記得！千彌，謝謝你遠道而來，眞高興再見到你！」

這個妖怪叫做細雪丸，是生長在鈴白山的

冬天之子。雖然只能身處嚴寒之中，靠飲雪生存，但他的內心充滿溫暖，一旦發現困在山裡快凍死的人類，就會拼命救助他們，是個心地善良的妖怪。

從前，千彌曾經來到這座山，和細雪丸相處過一個冬天。千彌想不起自己當初是爲什麼而來，但是對細雪丸擁有的妖力卻記得很清楚。這回他再度前來，正是爲了拜託細雪丸爲他施加法術。

另一邊，細雪丸卻只是單純因爲和千彌重逢而歡喜，他好奇的左顧右盼：「那孩子呢？彌助沒有一起來嗎？」

「當初我來這裡的時候……是跟彌助一起的吧？」千彌遲疑的問。

「你在說什麼啊？你不記得了嗎？」細雪丸似乎很驚訝。

「不記得。我只記得在這裡受你關照過一個冬天，但是不記得爲何而來。我的回憶已經模糊，想不起來了。」千彌又說。

「想不起來……？」細雪丸好像不明白。

「我被下咒了。」千彌簡短的將事情原委說一遍。

細雪丸聽了，露出悲傷的表情：「你……爲什麼……？」

「我並不後悔……要是不那麼做，彌助肯定已經死了……即使事先知道會有這種結果，我大概還是會做同樣的選擇吧！」千彌低聲說。

「你剩下的回憶……還有多少呢？」細雪丸頓了頓，問道。

「不知道，大概很少。」千彌說。

千彌能感覺到，自己的記憶不斷從腦袋中抽離，就像一塊逐漸被擰乾的溼抹布。不過，前晚他把彌助甩出去的印象還很清晰。在這個記憶消失以前，他必須有所行動。

下定決心後，千彌對細雪丸說：「我到這裡來，是想請你做一件事。拜託你在我身上施法術，用最堅硬厚實的冰塊，把我封起來。」

「什麼啊？」細雪丸大驚失色，千彌卻冷靜的說下去：「總有一天，我會忘記所有跟彌助有關的回憶。因此在那之前，我希望能將自己的身體冰封起來。好了，請你立刻動手吧！」

「不，等等！你冷靜一下！」細雪丸驚慌的大呼：「就算我幫你，大概也沒有用啊！我的法術無法阻擋那樣的咒語，即使你在冰塊裡沉睡，記憶還是會繼續消失啊！」

「我想封在冰塊裡……並不是爲了阻止記憶流失。」千彌悲傷的微笑道：「彌助他……一定會來找我。只要我封在冰塊裡，他就無法觸碰到我，而我只要一直沉睡，也就不會傷害彌助……我只是想守護他，所以，請用千古不融的冰塊將我封起來。只要我不想甦醒，那冰塊就永遠不會融化。」

千彌深信，如果失去彌助，他就會變成一具空殼。與其像行屍走肉般活下去，不如沉睡到永遠。這個自私的願望，應該可以被原諒吧！

「細雪丸，你做得到嗎？」千彌問。

「可以。雖然可以……但是我不想啊！」細雪丸憂心的望著千彌：「如果你再找找……說不定會有更好的辦法？」

「不，這就是最好的辦法。拜託你……我不想再傷害那孩子啊！」千彌懇求。

「可是，要是你做了這種事，不是更會傷害那孩子嗎？」細雪丸反問。

「不要緊的……」千彌的表情泫然欲泣，卻又微微一笑：「那孩子……他不會孤單，有善良的人類和妖怪會守護他。待他長大之後，說不定會找到相愛的人。雖然剛開始他會想念我，但是隨著歲月流逝，悲傷也會逐漸淡去……那孩子是個人類，而人類是堅強的。」

千彌忽的張開雙臂，說：「把我封起來吧！細雪丸，拜託你！」

意志堅定的千彌看起來好美，同時又悲痛得令人想哭，細雪丸望著他，神情不禁也扭曲起來。

他多想爲千彌做點什麼，希望遠道來求助的他，能得到終極的安寧。

「知道了……我會幫你的！」細雪丸終於點頭。

8

彌助的悲願

那天晚上，彌助直直站在原地，一夜未眠。

他懷抱一絲希望，對著門口不斷祈禱：「求求你回來呀！拜託啊！千哥，千哥，千哥……」

彌助只是痴痴的念，痴痴的等。

翌日天剛亮，隨著一陣急促的腳步聲，久藏衝進屋裡：「彌、彌助，千、阿千呢？他在、在哪兒？」

彌助望著慌張的久藏，失魂似的問：「千哥……他去你家了嗎？」

「是、是啊！你怎麼知道？」久藏反問。

「他有說……拜託你照顧我嗎？」彌助又問。

「嗯……」久藏蹙起眉頭：「昨晚阿千來我家，我看他的樣子很奇怪，就追出去找他，可是怎麼都找不到。我以為他說不定回來了……到底發生什麼事？」

彌助無法回答。

「算了！總之我繼續找，也會拜託長屋其他住戶，如果見到阿千要立刻通知我。這樣吧，你就留在這裡，萬一阿千回來，你可不能不在家啊！」久藏交代完，就匆匆出去了。

而後，天色大亮，過了中午，再到黃昏，接著，黑夜又降臨了。

玉雪興沖沖的走進太鼓長屋，看見像幽靈般呆站在門邊的彌助，不禁大驚失色：「咦？彌、彌助，你怎麼了？」

彌助被玉雪抱著，口中仍不斷喃喃自語：「千哥……回來呀！」

玉雪趕緊讓他躺進被窩，再給他喝溫熱的甜酒8。

喝下甜酒後，彌助呆滯的眼神終於恢復一點生氣：「是玉、玉雪、姊？」

「是啊，太好了！我以爲你出事了！」玉雪鬆一口氣。

「千、千哥呢……？」彌助問。

「千彌嗎？他……他不在屋裡啊！」玉雪搖搖頭。

「不在……眞的不在……他眞的不打算回來了！」彌助「哇

——」的大哭起來。他感覺像魂魄被消蝕般痛苦，伴隨著不安、悲傷和恐懼。

玉雪望著眼淚鼻涕齊下的彌助，驚訝的瞪大眼睛：「千彌不、不見了嗎？」

「嗚、嗚……」彌助抽噎著道出昨夜的事。

玉雪聽完，臉色變得鐵青：「怎麼會……不、不敢相信！千彌怎麼會把你甩到地上呢？」

「我也不敢相信啊！可是、是真的。千哥好像也被自己嚇到了……他大喊完了完了，就、就衝出去了！他還說、說了像是道別的話……千哥他不、不打算回來了！」彌助哭著說。

「不會吧……？」玉雪還是無法相信。

「不，我知道他是認眞的！」彌助猛搖頭：「我知道，千哥一定是……不想再回到我身邊，不想再見到我了！」

玉雪心痛的看著大顆淚珠從彌助的臉龐不斷滑落，但她隨即硬起心腸，問道：「那麼，你想要怎麼辦呢？」

「咦？」彌助一時愣住。

「你打算就這樣放棄千彌嗎？他跟你說再見，你就乖乖接受了？」玉雪問。

彌助聽了，猛然睜大雙眼。不行！怎麼可以答應！他瞬間不再流淚，滿腔悲傷和恐懼消失無蹤，取而代之的是憤怒和衝勁。

他從棉被裡一躍而起，說：「我去找千哥！即使他不願回來……我也要把他帶回來！」

「我也會幫忙！」玉雪馬上說。

「謝謝！那麼……可以請妳帶我去妖怪奉行所的東方地宮嗎？我想見月夜王公。」彌助篤定的說

「好的。」玉雪立刻站起身。

見彌助忽然衝進來，月夜王公似乎一點都不驚訝，反而像是正等著他似的，親自到門口迎接。

「彌助，什麼事？吾很忙的，你想說什麼吾聽著，趕緊長話短說吧！」

只見彌助撲通一聲跪下，雙手著地，嘶啞著嗓音說：「求求您！我的養親千彌不見了！拜託您幫忙找他好嗎？找到以後，請將他帶回

我身邊。如果行不通，就請您帶我去見千哥，求求您！」
月夜王公看著不斷哀求的彌助，不發一語。半晌，他別過頭說：「千彌是主動離開你的吧？那麼，你就該放他走才是。無論是被搜索或被找到，都有違他的本意吧！」
聽到月夜王公的語氣，彌助似乎明白了什麼，他想也沒想就衝上前，抓住月夜王公的衣角：「難道……您知道什麼嗎？千哥爲什麼要走，您心裡有數嗎？」
「不知道！就算知道也不能告訴你。放手，你這小鬼！」月夜王公斥道。
「不、不要！拜託告訴我，求求您呀！」彌助硬是不放手。
「嘖！你還不放嗎？」月夜王公動了氣，伸出一條尾巴想捲起彌助，給他一點教訓。然而，在尾巴碰到他之前，彌助卻被一股力量猛然往後吸了出去。

「喝！」月夜王公斥了一聲。

「唉呀，不要那麼無情嘛！彌助多可憐哪！」隨著銀鈴般的聲音響起，出現了一名美麗的少女。

少女約莫十歲上下，氣質超凡，威儀懾人。她的臉蛋嬌俏，可愛之餘，卻又美得令人心顫，一頭銀白長髮閃閃發光，蜜黃色的眼睛像寶石般閃耀。

現身在此的，正是妖貓族的首領——王蜜公主。

彌助眼睛一亮，月夜王公卻皺起眉頭：「王蜜公主，這裡是妖怪奉行所，妳可不要輕舉妄動，給吾惹麻煩！」

「別那麼頑固嘛！月夜王公，你跟我不是朋友嗎？」王蜜公主說著，轉頭對彌助微笑道：「彌助啊，不管你怎麼求都是沒用的，他發過誓，絕不跟你透露千彌的事。你再怎麼求也只是浪費時間罷了！」

「發誓？為什麼……？」彌助不明白。

「王蜜公主！」月夜王公忽然大吼：「妳、妳怎麼知道的？」

「呵呵呵，貓的耳朵可是很靈的。只要有什麼有趣的消息，都會立刻傳到我這裡喲！」王蜜公主笑著說。

「哼……」月夜王公氣得咬牙。

「那麼，就讓我代替你告訴彌助吧！你一定很後悔立下那種誓言吧？若非如此，你就不必眼睜睜看著彌助受苦，不是嗎？」王蜜公主又說。

「誰說吾後悔了？太荒唐了！」月夜王公嘴上怒斥，卻別過頭去。王蜜公主呵呵輕笑，那神情完全是我行我素的貓族本色。

一旁的彌助見狀，彷彿快滅頂的人抓到一根稻草，立刻改向王蜜公主哀求：「王蜜公主，拜託告訴我！妳知道有關千哥的事嗎？求求妳告訴我呀！」

「好好，我這就告訴你。千彌他是受到詛咒了。」王蜜公主收起笑容。

「詛咒？」彌助不解。

「是的，起因是紅珠那件事。」王蜜公主娓娓道出來龍去脈。

彌助聽完，只覺痛苦得無法呼吸。他按住胸口，好不容易才擠出聲音：「那麼……千哥變得那麼奇怪是因為……」

「為了不讓你知道他的記憶正在流失，所以拼命設法塡補失憶造成的破洞吧！」王蜜公主低聲說。

千彌努力尋求人魚的肉，大概是因為不記得彌助已經健康長大了。

千彌極力拉攏座敷童子住他們家，大概是想到萬一自己不在，彌助還能過豐衣足食的生活。

啊，原來是這樣啊！

「千哥……」雖然彌助已經哭過無數次，卻又忍不住湧出眼淚。

這一切都是為了他，都是他造成的。

然而，看著嗚嗚哀泣的彌助，王蜜公主卻厲聲問：「你為什麼哭？」

「因、因為都是我的緣故，害千哥被詛咒……」彌助哭著回答。

「未免太蠢了，你真的這麼想嗎？」王蜜公主直直盯著彌助說：「就算當時你阻止千彌，他也不會改變主意吧！這一點你應該比誰都明白，不是嗎？所以你現在後悔是毫無意義的，不過是白費力氣罷了。」

彌助啞口無言。

「千彌自己做了選擇，自己付出代價，他決心承受詛咒，而你還要繼續哭嗎？你認為那是現在該做的嗎？」王蜜公主的語氣尖利如刀，卻也因此點醒了彌助。

只見他擦乾眼角，抬頭正視兩個大妖，說：「千哥……應該是不肯再回來了，可是我、我不想用這種方式跟他道別。不管怎樣，他都太獨斷了！這應該是我們一起商量，一塊決定的啊！但他竟然自己吞下全部苦果，就這麼走了……實在太、太過分了！」

「呵呵，沒錯。彌助，你應該更生氣，要生氣才對啊！」王蜜公主讚道。

「王蜜公主，妳不要再煽風點火了！那麼彌助，你打算怎麼辦呢？

說說看，你的願望是什麼？」月夜王公催促道。彌助直直對上他的目光，說出自己唯一的願望：「請幫我找到千哥，帶他回來我身邊。」

「你見到他又怎麼樣？他也不會輕易就答應回來吧？還有，無論如何掙扎抵抗，他身上的詛咒都不會消失喔！」月夜王公嚴詞提醒。

「沒關係，總之，我非要再見到千哥不可……我絕對不會放棄的！就算千哥已經忘了我是誰，也……也只要讓他重新認識我就好。我們兩個一起，可以每天創造新的回憶呀！」彌助說。

其實彌助心裡很清楚，一切絕不會像他嘴裡說的這麼簡單。不過，他還是想努力試試。即使無法跟千彌恢復原來的關係，只要兩人在一起，應該就能生出新的轉機。所以，他想把千彌帶回來。

月夜王公看著彌助堅決的眼神，輕輕呼出一口氣：「哼，有其父必有其子……你不愧是千彌的孩子呀！」

見月夜王公臉上露出笑容，彌助嚇得差點跌到地上。他作夢都想不到，有一天月夜王公竟會對自己微笑。

這時，月夜王公拍手呼喚：「飛黑、飛黑，你在嗎？」

「是！」飛黑應聲衝了進來。

「飛黑，你向妖怪界全境發出告示，誰先發現千彌的下落，吾就獎賞他珍藏的千華酒！」月夜王公吩咐跪在地上的飛黑。

「遵命！」飛黑大聲答應。

彌助鬆一口氣，感激得全身發抖。月夜王公總算出手了！他終於願意幫忙尋找千彌了！

王蜜公主對彌助笑道：「我也會幫忙。要是知道什麼消息，就馬上通知你。」

「謝謝妳，王蜜公主！」彌助趕緊行禮。

「哪裡。我也認爲千彌跟你在一起比較好啊！無論他多麼會躲，我都會把他搜出來！」

「沒錯！」月夜王公回過身來：「吾一定會把那傢伙找出來，找到之後，接下去就靠你了，彌助！」

「是！」彌助用力點頭。

8 甜酒：原名「甘酒」，一種米麴發酵飲料，不含酒精，通常呈乳白色，是日本傳統的營養補身食品。

9

藍色的冰

千彌不見了！彌助拼命在找他。

這個消息迅速傳遍妖怪界，眾多妖怪立刻動員尋找千彌，他們全是彌助的舊識，都希望爲他盡一份心力。

梅子妖怪梅婆和梅吉、大公雞朱刻與母雞時津、妖貓小鈴和小黑、鼬鼠妖怪宗鐵及女兒美緒、烏天狗雙胞胎右京和左京、夢話貓阿柔和丸藻，還有服侍月夜王公的三隻老鼠……曾經託彌助看顧兒女或被他照顧的大小妖怪，都一齊出動了！彌助被他們的盛情感動得掉淚。

當然，他不願光是仰賴妖怪們，自己也每天四處奔波尋找千彌，走得雙腿痠痛，幾乎失去知覺。然而，卻始終一無所獲。

彌助憂心如焚，疲憊不堪，久藏和玉雪見他這副模樣，擔心他隨時會倒下，便不停送來食物。彌助雖然毫無食慾，卻還是勉強把飯糰塞進嘴裡，再配水吞下肚。

吃東西曾經是他的最愛，如今卻變成一件苦事，無論吃什麼都食不知味。

彌助不單是沒食慾，連夜間也輾轉難眠。明明身體非常疲倦，眼睛卻無法闔上。即使好不容易入睡，也經常被惡夢纏身。

到了第四天，他企盼的消息終於傳來了！

「找、找到了？」彌助驚喜得跳起來，玉雪點頭道：「是的！聽說有誰見過千彌前往鈴白山方向。現在月夜王公的烏天狗部下，正在全力搜索那座山。那……我們也去吧？」

「去、去！當然去啊！」彌助立刻抓住玉雪伸過來的手，閉上眼睛。

千哥！拜託你，一定要在那裡等我呀！被玉雪的法術帶往鈴白山之際，彌助不斷在心中吶喊。

「到了喔！」玉雪的聲音剛落，彌助只覺一股猛烈的寒氣襲來，全身不住發抖，勉強才睜開眼睛。

他們的確是在一座山裡，四周積雪深厚，吹著刮人肌膚的寒風。

只聽頭上傳來沙沙的振翅聲，烏天狗飛黑降落下來。

「彌助，你來了！」飛黑喊道。
「飛黑，千、千哥呢？你找到他了？」
「還沒有，不過應該是在這座山裡，我們沒發現他離去的足跡。」
飛黑說。
千彌就在這裡！光是這個消息，便足以令彌助感覺體內重新生出力氣。
玉雪緊緊傍著眼神發亮的彌助，開口道：「這、這座山的山頂，住著一個名叫細雪丸的妖怪，他應該對山裡的一切無所不知，我們去跟他打聽千彌的事如何？」
「好主意！那麼，我們去找他吧！」飛黑立刻點頭。
「我、我也要去！請你們帶我去！」彌助急道。

「我早料到啦！」飛黑噗哧一笑，從懷裡取出一塊東西，看起來像是摺疊的布，遞給彌助：「你穿上這個吧！」

彌助伸手接過，嚇了一跳，原來那東西非常溫暖。仔細一看，那並不是布，而是毛皮，灰色的短毛長得密密實實，還發出微微紅光。

「這是火鼠毛皮做的外套，快穿上啊！你可不想凍死在這裡吧？」飛黑催促。

「謝、多謝……！」彌助趕緊披上火鼠皮衣，果然身體急速回暖，周圍強勁的風雪，瞬間就一點也感覺不到了。

見彌助的臉恢復血色，飛黑點頭說：「好了，我這就帶你飛上山頂。玉雪，妳也來吧！」

「呃、不、那個……我對飛行不太……我自己會爬山，也很習慣風雪，請不用費心。我隨後就會趕上你們！」玉雪搖手道。

「好，那我們先走一步了！」飛黑說完，就一把抓住彌助的手，像箭一般疾飛而去。

彌助被迎面襲來的冷空氣凍得臉頰發疼，幾乎睜不開眼睛，只能聽到寒風咻咻颳過身旁，感覺四周愈來愈冷。

已經快接近山頂了！彌助正想著，不遠處就傳來另一道振翅聲，隨即有個年輕的聲音叫道：「老大！」

他微微睜開眼，只見一個年輕的烏天狗朝這邊飛來。

「哦，羽角，怎麼樣？」飛黑問。

「前面的山壁有個裂縫，千彌好像就在裡頭！」羽角回報。

「哦！」飛黑大呼一聲。

「眞、眞、眞的嗎？」彌助忍不住掙扎起來，飛黑急忙把他抓牢：「喂！你不要亂動啊！」

「抱、抱歉！可是，千哥眞的在裡頭嗎？誰看見了？」彌助大聲問。

那個叫羽角的烏天狗卻搖頭道：「還沒進去確認過。」

「爲什麼啦？」彌助忍不住更大聲。

「喂，叫你不要亂動啊！給我安靜一下！羽角，這不像平常的你呀！爲什麼沒進去裂縫裡頭？應該搜索過後再來報告啊！」飛黑喝斥。

「非常對不起……」羽角龐大的身軀瑟縮起來：「可是，好像原來就有別的妖怪住在裂縫裡頭。那個傢伙不肯讓我們進去，硬說不行就是不行！」

羽角稍稍瞥了彌助一下，又說：「那傢伙說了很奇怪的話……他說自己答應要把關，除了他以外，只有一個人可以進去，那是個人類……他是這麼說的。」

「人類？」飛黑不禁低頭看向爪下的彌助。彌助也正抬頭看他，拼命點頭：「那一定是指我，絕對是！」

「我也這麼想……羽角，帶我們去那妖怪的地方！」飛黑下令。

「是！就在這邊！」羽角立刻往那方向飛去，飛黑緊跟在後，隨著他緩緩下降。

彌助一被飛黑放到雪地上，立刻陷入深及膝蓋的積雪中。看來這裡積雪已久，強勁的風勢也非山腳下可比。他勉強睜眼環顧四周，果然看見山壁上有個裂縫。

千彌就在那裡頭！彌助拼命涉雪前進。

另一頭，飛黑和羽角已經站在裂縫前，與把關的妖怪對峙。彌助這才終於看清楚對方，那妖怪看起來年紀比他還小，雪白的肌膚覆著淡藍色的鱗，身上穿的衣服輕薄異常，隨風飄舞不定。

妖怪少年的表情很倔強，冰冷如霜的眼睛瞪著兩個烏天狗：「無論你們派多少烏天狗來都沒用，我絕不會讓你們進去。你們要是想來硬的，也最好打消念頭。我可是鈴白山之子，這座山就是我的依靠，在這裡誰都打不贏我！」

面對語氣冷峻的妖怪少年，飛黑一點都不退縮的回道：「等等！我們沒有跟你對決的意思，也不想破壞你的地盤。聽說……你可以放人類進去，是眞的嗎？」

「是啊！不過，可不是任何人類都行，世上只有一個人可以進去。」妖怪少年加重語氣。

「那個世上唯一的人，是這個孩子嗎？」飛黑說著，就把彌助推到前面。

一見到彌助，妖怪少年的神情丕變，看似驚訝的睜大眼睛：「你是……彌助嗎？」

「啊？」彌助忽然被叫出名字，也嚇一大跳。

「果然是彌助呀……你長得好大了！」妖怪少年忽然綻開笑容，一副親熱念舊的表情：「你大概不記得我，我可是認得你喔！多年以前，你跟千彌曾經來過，我把你封進我的冰塊，在此度過一個冬天哪！」接著，他說自己叫細雪丸。

細雪丸白得透青的臉，忽然又蒙上愁雲：「千彌說，你應該會追上來。他知道無論藏在何處，你一定會拼命打探，追到他身邊……果然都如他所料啊！」

「細雪丸……千哥究竟在哪兒？你知道他的所在吧？」彌助焦急的問。

「是啊……來吧，我帶你去見千彌。」細雪丸說。

彌助對一旁面露擔憂的飛黑和羽角點點頭，便跟在細雪丸之後，跨進那一道深長的裂縫。

裂縫後頭連接一個很大的洞窟，愈往前進，空氣就愈寒冷，若不是有火鼠皮衣保暖，彌助的身體一定馬上凍僵。

走了半晌，終於看見前方有些藍色的龐然大物。

那是一個個巨大的藍色冰塊，比馬或熊還要大，散置在廣闊的洞窟內，每個冰塊之中，都隱隱可見一團黑影。

彌助仔細端詳，不禁大吃一驚，原來冰塊裡的黑影全是小孩。那些孩子大約四到七歲左右，一個個都被冰封起來。

「這些孩子是……？」彌助不安的問。

「他們都是差點凍死在這山上的孩子。有的是進了山，不小心跌進積雪的窪地，有的是在山道上迷路了。我把那些孩子帶來這裡，讓他們安眠。只要沉睡在冰塊當中，就不會凍死。睡過一個冬天之後，等春天來了，我再喚醒他們，讓這些孩子各自回家。」細雪丸解釋。

「可是，你爲什麼要這麼做……？」彌助不明白。

「因爲，這是我唯一知道的助人方法。」細雪丸說。

助人……彌助終於明白細雪丸的用心，他是在救這些孩子的命。如果不經冰凍，直接將孩子們送回家，應該簡單得多，然而細雪丸沒有這麼做，一定有他不得已的理由。

同時，彌助也想通一件事：「我曾經……封在這樣的冰塊當中嗎？」

「沒錯，是千彌拜託我的。那個傻瓜竟然想背著幼小的你，翻越嚴冬的鈴白山。當我趕到的時候，你都快凍死了！眞是胡來，他還被我痛罵了一頓哪！」細雪丸似乎想起從前，又露出念舊的笑容：「那傢伙眞是什麼都不懂。他雖然無知，卻堅持要養育你這個人類小孩。我原本以爲他是個怪胎哪！老實說，我沒想到你能夠平安長大……但你還眞的長大了呢！彌助，你跟千彌在一起，覺得幸福嗎？」

彌助毫不遲疑的點頭：「我非常非常幸福。千哥一直……疼惜我、愛護我。他簡直把我寵上天，不管什麼事都順著我哪！」

「當你知道……他不是人類的時候，有什麼感覺呢？」細雪丸又問。

「其實我沒怎麼吃驚。對我而言，他是誰一點都不重要，我只想跟他永遠在一起。」彌助小聲說，自己現在還是這麼想：「我就是……想待在千哥身邊，想再跟他一起生活。今後換我來疼千哥，我要每天告訴他，我有多喜歡他。即使千哥完全不記得從前的日子，我們也可以創造新的每一天啊！」

彌助不斷強調自己不願放棄，細雪丸直盯著他半晌，最後才深深嘆口氣：「其實千彌再三交代，即使你來了，也不能讓你進洞窟……

可是，我認爲他錯了！你們兩個是應該在一起……去吧，千彌在那裡。」

細雪丸指向洞窟深處一個特別大的冰塊。是的，千彌就在那裡頭。

「千、千哥！」彌助狂奔過去，伸手觸摸那冰塊。

剎那間，他感覺手心一陣刺痛，急忙翻過手掌，只見觸過冰塊的皮膚，像被灼傷般冒出許多水泡。

細雪丸急忙警告他：「我的冰塊是極度寒冰，如果觸摸太久，你的皮肉可是會凍得掉下來喔！」

「那請你把冰塊打碎，讓千哥出來呀！」彌助哀求。

「不行。」細雪丸搖頭。

「不行……？這冰塊不是你做的嗎？」彌助無法理解。

「沒錯，是我做的，但就算是我也無法打破這冰塊。除非在裡頭的千彌願意醒過來，否則即使經過千年，它仍然不會有一絲裂痕。」細雪丸說。

那到底要怎麼辦呢？彌助拼命思考。可以叫火炎妖怪們來把冰塊融化嗎？不，既然這是用法術做出來的冰塊，大概無法光靠加熱就融化。

那麼，可以請月夜王公和王蜜公主前來，破解這個法術嗎？那也很危險，畢竟兩個大妖下手不知輕重，可能會傷及千彌。

不行不行，還是得想其他辦法……最好的方式，就是讓千彌自己出來。只要他願意醒過來，一切就解決了！

彌助轉身問細雪丸：「我的聲音……可以傳進千哥耳裡嗎？他在

沉睡中也聽得到嗎？」

「嗯，你可以試試，他應該聽得到。」細雪丸點頭。

彌助聽了，立刻靠近冰塊，幾乎是貼著冰面大聲呼喚：「千哥！千哥！你有聽到嗎？是我呀！彌助來接你了！我們回家吧！再回來跟我一起住啊！我們可以重新來過，我就是彌助，你就是千彌，我們兩個一同活出新的人生吧！所以你一定要醒來……你醒醒啊！」

彌助不停不停的叫喚，直到最後，他的聲音嘶啞，喉嚨也開始疼痛。然而，冰塊還是毫無變化，一樣湛藍，一樣堅硬，固守著沉眠的千彌。也就是說，千彌沒有想醒過來的意欲。

但是，彌助還不死心。不能放棄！自己和千彌長年的羈絆，可不是區區冰塊就能切斷的。

「好……！」忽然，彌助伸出左手去抓凍傷的右掌，水泡登時破裂，鮮血直滴。接著，他將整個右掌貼上冰塊。

後頭的細雪丸見狀，大驚失色，衝上前抱住他：「住手！你住手呀！」

「你才要放手！千、千哥對血腥味特別敏感，我只要稍微受點皮肉傷，他無論在哪裡，都會立刻飛奔過來！所以，他一定……一定會感覺到這氣味啊！」掙扎之間，彌助還是不肯將手抽離冰塊。他感覺自己的血肉正迅速凍結，椎心的痛楚轉為麻痺，手指也變成黑紫色。

「不行！你放開呀！」細雪丸提起腳，將彌助踢飛出去。眨眼間，冰面上只留下一塊手掌的皮。

脫離冰塊的瞬間，彌助全身的力氣彷彿被抽乾似的。他肢體疲憊，呼吸困難，膝蓋一軟就癱在地上。

細雪丸厲聲責備：「你不要做傻事！怎麼跟千彌一個德行？總之你不准動，在這裡等著！我這就去跟河童阿公取藥！知道嗎？絕對不准再碰那冰塊！要是你不聽，下回可是會沒命喔！聽清楚了嗎？」

不過，彌助絲毫沒聽到細雪丸的怒吼，也完全無視自己脫了皮的手掌，只是盯著冰塊裡的千彌。

「千、哥……」意識漸漸模糊之際，他的口中仍不斷喃喃呼喚。

10

黑暗中的光

在無邊的黑暗當中，千彌忽然睜開眼睛。他依稀聞到血腥味，就在極近之處。

這是彌助的血！千彌猛然驚覺，登時全身發熱。彌助受傷了嗎？得趕緊去救他！呃，可是……彌助是什麼樣的孩子啊？

千彌知道，他腦中的回憶已經支離破碎，現在只有靠細如游絲的殘餘印象，勉強和過去相連。他死命想拉住那條愈來愈細的絲線，不、

不，怎麼能忘記彌助呢！彌助是個可愛的男孩，是他的養兒。他已經想不起彌助的長相，但是那名字和親愛的感覺，他還記得。

彌助、彌助、彌助！你在哪裡？你又是誰？啊……回憶怎麼不斷淡去！彌助！你是叫彌助沒錯。拜託啊！只要這個名字就好，請不要奪走這個名字！

然而，一切的抵抗卻是徒勞。最後一丁點關於彌助的記憶，終於從千彌的腦海裡澈底消失。他無助的站在原地，神情恍惚，只知道自己失去了什麼巨大的東西。

好痛苦、好悲傷……但是，他卻不知道原因。爲什麼這麼痛苦？爲什麼這麼悲傷？無論如何自問，都找不到答案。

千彌覺得好累。不管了，就這麼睡去吧，逃進夢的世界。

「不行！你得起來呀！」忽然傳來一個響亮的聲音，千彌不由抬起頭。

只見眼前站著一個女妖，身形臃腫，蛤蟆般的臉既不年輕也不美麗，卻帶著溫柔的笑容。

女妖親切呼喚愣住的千彌：「你還記得我嗎？小月！」

小月。啊……多少年沒被叫過這個名字了！千彌心中浮起莫名的感動，緩緩點頭：「我記得，怎麼會忘記呢？……葦音。」

葦音是個爽朗的女妖，住在沼澤邊，擅長游泳和歌唱。當初，是她發現誕生未久的千彌，像對待親生子女般照顧他，疼愛他。

但是，葦音不可能在這裡啊！她很久以前就死了。奪走她性命的不是別人，正是千彌。

眼前看到的可是幻影？千彌不敢相信。葦音似乎明白他心中的疑惑，只見她輕輕搖頭：「我不是幻影，而是當時留下來的一縷魂魄、一丁點理智啊！」

「理智……？」千彌喃喃重複。

「是的。」葦音的表情轉爲痛苦：「很對不起，小月！可是當時我實在無法克制自己。我太愛你太愛你了……愛到最後，自己都不知道那究竟是愛還是恨了！」

聽著葦音充滿後悔的自白，千彌只覺同樣懊悔：「那不是妳的錯。讓妳瞧見我的眼睛……是我不好啊！如果當初知道自己有一雙邪眼，我是絕對不會正視妳的。」

「我知道，你是個善良的孩子……雖然我當時已經發狂，但其實還留著一點理智，所以心裡有數，知道自己會變成何等模樣，又會如何讓你受苦……我全都明白啊！」葦音說。

霎時，一連串往日情景掠過千彌眼前。葦音手持短刀直衝過來，被他劈成兩半，倒在地上。當場飛濺的鮮血和強烈的腥臭味，忽然都歷歷在目，千彌不禁握緊雙拳：「對不起……我、我沒有殺妳的意思，只是想幫助妳啊！」

「我知道，你當時還不知如何使力，出手過重，無可奈何啊！眞對不起，讓你留下悲慘的回憶……我就是你最初的創傷，是一道深深刻在你心中，無法磨滅的傷痕。從那以後，我的一部分魂魄，就一直活在你當中。」

「在我當中？」千彌非常吃驚。

「是的，我一直依附在你心上。你遭遇不幸，我就會感到痛苦；你獲得幸福，我也會高興無比。」葦音說。

「幸福……我曾經有過幸福嗎？」千彌不確定的問。

「那可當然了。你交到知心好友的時候，不是很幸福嗎？」葦音笑答。

「妳是說雪耶嗎？……可是，我終究失去他的友情，就像我失去妳。我不斷破壞自己的幸福……我大概是個沒資格獲得幸福的妖怪吧！」千彌自嘲般說。

「絕對沒那回事！」葦音斬釘截鐵道：「你一定會得到幸福，一定會的！你不是有個彌助嗎？」

「彌助……？」千彌偏著頭，想不起這名字：「是誰啊？」

「他就是你失去的寶物，你摯愛的孩子啊！」葦音說。

「孩子……？」千彌依舊想不起來。

「是的，他是人類的孩子。你曾經拼盡全力把他養大，到現在有九年了！那孩子已經十四歲，就快十五了。他是個好孩子，被你寵著愛著，長得健康又活潑。而且，他也是這世上最愛你的人啊！」葦音滔滔不絕的談著彌助，她的話像流水般灌入千彌腦中，令他內心翻騰。

然而，千彌還是想不起任何有關彌助的事：「我不知道……想不起來啊！」

看著苦惱呻吟的千彌，葦音含淚說：「沒辦法……不過，請你一定要知道，你有過幸福。因爲彌助曾在你身邊，陪伴你度過無數歡喜的日子。」

「可是……我已經失去那孩子了吧？」千彌無力的說。

「是很可惜……」葦音說著，加重語氣道：「不過，彌助還沒有放棄，他發誓要帶你回去。他對你的感情是無比深重啊！」

「那孩子……他見過我的眼睛嗎？」千彌遲疑的問。

「不，跟你的邪眼一點關係都沒有。那孩子就是單純喜歡你……你一定要回到他身邊呀！」葦音催促道。

千彌幾乎要被她說服，心中升起強烈的欲望，想回去彌助身邊。然而，這個念頭立刻就被不安打敗了：「可是……我不知道該怎麼回去，而且就算回去，也認不出他長什麼模樣吧？」

「不用擔心，你願意回去就好。你想和彌助重聚吧？我知道一個方法，可以帶你平安回到他身邊。」葦音安慰道。

「為什麼……妳要為我做到這般地步？」千彌忍不住問。

「因為，那是我的使命。」葦音的聲音堅定不移：「我還沒告訴你，為什麼我會一直留在你心中吧？當我失去生命之後，魂魄隨即恢復理智，懊悔不已。我怨恨自己的所作所為，逼得心愛的小月不得不對我下手……」她說自己希望能夠贖罪，為生前的錯誤贖罪。

葦音強烈的願望，令她的魂魄依附到千彌身上。而後，她就開始等待，等待千彌走投無路，完全不知該何去何從的那一刻。

「我發誓到時候要出手救你，而現在正是那一刻。所以，我才能在你眼前重現原形。」葦音一字一句說完，就伸出右手。只見她的蹼掌上，忽然出現一顆透亮的小圓珠，散發出彩虹般的光芒，又像泡泡似的微微閃動著光澤。

葦音說：「我是個……與眾不同的妖怪，既沒有伴侶，也不生小孩。所以，當初我決定在年老體衰的時候，讓自己重新出生一遍。這就是爲了重生而準備的卵，現在我把它送給你。」

「我不能接受。」千彌搖頭。

「沒關係，我早已失去重生的欲望了！既沒有誰在等我，也沒有誰記得我。我只是一個孤獨終身的老妖怪。可是你不一樣，有彌助在等你。所以，你一定得接受……拜託你，就聽我這一次好嗎？」葦音眞誠的說。

「妳說這話也太……沒道理了！」千彌勉強反駁。

「我說的沒錯。」葦音對千彌伸出另一隻手：「回去找彌助吧！我這就帶你回去。」

「眞的好嗎？你覺得我可以回去見彌助嗎？」千彌猶疑的問。

「當然啊！難道你不相信我嗎？」葦音反問。

「我……無法相信。」千彌低聲說：「我曾經傷害許多妖怪……完全不值得被拯救啊！」

「小月……」葦音接不上話了。

「可是……我想回去。」千彌緊閉的雙眼浮出清澈的淚珠：「我……如果還值得原諒，希望可以得到救贖。如果還有歸屬的地方，希望能夠回去。我想回到那個叫彌助的孩子身邊。」說完，他握住葦音伸出來的手。

葦音露出大大的笑容：「這樣才對啊！走吧，彌助在等我們哪！」

「彌助……彌助……」千彌低聲重複。

「是的，他就叫做彌助。你只要全心想著要回到彌助身邊，眼前的道路就會自動浮現。彌助正在另一頭等著你呢！」葦音鄭重的說，你一定會得到幸福。然後，她牽著千彌的手，一步步走向前。

在無邊無際的黑暗彼端，正隱約開始露出微光。

彌助失去意識，在泥沼般的黑暗中掙扎。即使如此，他仍拼命尋找著千彌。他不斷往前爬，口中聲嘶力竭的喊著：「千哥、千哥，你在哪裡？」

不知過了多久，忽然，彌助感覺有誰抓住自己的手。

「千哥？」一瞬間，他以爲是千彌，但隨即全身一僵。

不對，這隻手掌比千彌的還要大，既溼又冷。只是不知爲什麼，他可以感覺這隻手的主人很善良。

所以，彌助沒有縮手，而是對著黑暗中呼叫：「你是誰？」

「我只是……一縷魂魄，太好了！這條路果然通了！」對方回答。

「路？」彌助不懂。

「不，那不重要。但是，能遇見你眞好！彌助，我一直很想跟你說一次話呀！」對方又說。

忽然被叫出名字，彌助更吃驚了。他揉揉眼睛，想看清楚對方，眼前卻依然只有無邊的黑暗。只聽那溫柔的聲音從黑暗中傳來：「你不必驚訝，我知道你的許多事……你跟我愛的是同樣的對象，我們都一直惦記著他。所以，我要把這孩子託付給你。」

「孩子？」彌助完全不明白。

「今後就拜託你了！請你全心全意愛他，絕對不離開他。他唯一的願望，就是待在你身邊。」那聲音說完，就把一個東西交到彌助手裡。

彌助感覺那潮溼的手放開了，對方的氣息逐漸遠去。

「等等啊！」他大叫，卻再無回音。

彌助只得攤開手掌，細看對方交給他的東西。

剎那間，光芒遍布，只見一顆淺紅色的美麗圓珠，正靜靜的躺在彌助掌心。彌助看著那搖曳溫暖光暈的寶珠，不禁心神悸動。

他知道那是什麼，他的身體和心靈都感受到了。

「你是千哥吧？」彌助篤定的對寶珠說。

下一刻，他就醒了。

他發現自己依然在細雪丸的洞窟裡，雖然遍體痠疼，但勉強還能活動。於是，他立刻低頭看向掌心。

然而，除了黑中帶紅的糊爛皮肉，什麼都沒有。彌助環顧四周地面，夢裡的寶珠也不見蹤影。

方才終究是個夢，當然不可能有什麼寶珠。世上畢竟沒有如願以償的美事啊！

然而，現在可沒時間自憐了，他得繼續對冰塊呼喚，懇求冰封的千彌醒來。

彌助搖搖晃晃的站起身，轉向前方，不禁倒抽一大口氣。

洞窟深處那個巨大的冰塊不見了！

是碎掉了嗎？不，周圍沒有任何碎片，也不見融化的冰水，只能說是澈底消失。

而且，千彌也不見了！難以言喻的恐懼，瞬間掏空了彌助的心臟。

就在這時，他發現地上留下一個東西。

「啊……啊啊……」彌助跌跌撞撞的往那東西走去。

那是個孩子，而且是個出生未久的男嬰。他有著黑裡泛紅的頭髮，全身赤裸的躺在冰冷的岩石上，卻絲毫沒有受凍的模樣，看起來很舒服的熟睡著。

彌助忍不住抱起那嬰兒。嬰兒立刻睜開眼睛，漆黑發亮的美麗眼眸直視彌助，接著綻開笑容，毫不認生的對他笑著。

就在那瞬間，彌助完全明白了！他胸中湧起無盡愛意，眼淚滾滾而下，緊緊摟住嬰兒，一句話都說不出來。

這時，細雪丸衝了進來。

「喂，我拿到藥了！現在就幫你塗……咦，那是什麼？」他一看見嬰兒，眼睛瞪得好大。彌助卻一語不發，只是微微笑著。

窟。

彌助讓細雪丸幫他清理傷口後，就將嬰兒牢牢抱在懷裡，走出洞裂縫外頭，妖怪們正在等他。所有彌助認識的妖怪，幾乎都來了。玉雪、梅吉、津弓、朱刻和時津、妖貓小鈴和小黑、鼬鼠妖怪宗鐵和女兒美緒、飛黑一家、大蛙青兵衛、火鳥、豆子狸……還有，月夜王公和王蜜公主。

月夜王公緩緩上前，看見彌助懷裡的嬰兒，臉色逐漸變了：「那是……那孩子是千彌嗎？」

「嗯！」彌助點頭。

「怎麼……會變成這樣？」月夜王公驚訝道。

「不知道。可是，這確實是千哥。他恢復不了原來的模樣……所以就變成別的樣子，回到我們身邊吧！」彌助說。

妖怪們一陣譁然，又按捺不住好奇，紛紛趨前打量彌助懷中沉睡的嬰兒。

王蜜公主愉快的笑道：「那麼，彌助，你今後有什麼打算嗎？」

「沒特別打算，王蜜公主，我會養他長大。」彌助神色明朗的說。

「不行！」月夜王公卻劈頭一喝：「即使他看起來和人類沒兩樣，骨子裡還是妖怪。小妖怪又特別容易出狀況，要是被周遭人類發現他的身分，可是會引起大麻煩。倒不如……呃、吾、吾就收留這孩子，把他養大吧！」

這下周圍的騷嚷更大聲了！連王蜜公主也當場愣住。誰也想不到，月夜王公竟然會這麼提議。

就在眾妖議論紛紛的時候，唯有津弓眼睛發亮的喊道：「那、那他不就成了我的弟弟嗎？舅舅，好高興哪！我一直想要有個弟弟，太棒了！」

彌助安撫興奮不已的津弓，輕聲對他說：「津弓，很抱歉，這孩子不能當你的弟弟。」

「欸？爲什麼？」津弓大聲問。

「我想自己養育他……你應該知道爲什麼吧？」彌助說。

津弓鼓起雙頰盯著彌助，一會兒，他似乎懂了什麼，有些失落的低下頭：「知道了……」

「謝謝津弓！」彌助說著，再度轉向月夜王公：「謝謝您，我非常感激您的提議，但還是決心自己養育這個孩子。沒事的，萬一被誰發現他的身分，我就會搬家，搬到完全陌生的地方，重新住下就好。」

「眞的好嗎？」月夜王公聲音一沉，嚴肅的說：「這孩子的確擁有白嵐，不，千彌的魂魄，可是，他已經沒有任何前世的記憶，絕不會想起你是他心愛的養兒。雖然他外表還是千彌，卻不再是原來的千彌。即使明白他會這樣，你也可以忍耐下去嗎？」

「我知道！」彌助眼角泛著淚光，將懷中的嬰兒摟得更緊：「我很清楚，原本的千哥已經不會再回來了！可是……現在他的魂魄回到我身邊，就像是在說，他重生是爲了和我在一起。我應該實現千哥的願望，所以，我會養育他。」

月夜王公聽了，沉默不語。

「不打緊的。千哥是個妖怪，不也把我這個人類養大了嗎？再說，我也不是普通的人類啊！」彌助笑道。

「咦？」月夜王公偏頭不解。

彌助環視周圍妖怪一圈，高聲說：「因爲，我可是開妖怪托顧所的彌助呀！」他的聲音清澈宏亮，充滿自信和開朗。

國家圖書館出版品預行編目（CIP）資料

妖怪托顧所.10, 千彌之秋，彌助之冬/廣嶋玲子作
; Minoru繪 ; 林宜和譯. -- 初版. -- 新北市 ： 步步出
版 ： 遠足文化事業股份有限公司發行, 2022.12
面； 公分
ISBN 978-626-7174-24-1(平裝)

861.596　　　　111019154

1BCI0027

妖怪托顧所⑩：千彌之秋，彌助之冬

作者｜廣嶋玲子
繪者｜ Minoru
譯者｜林宜和

步步出版
社長兼總編輯｜馮季眉
責任編輯｜徐子茹
美術設計｜蔚藍鯨

出版｜步步出版／遠足文化事業股份有限公司
發行｜遠足文化事業股份有限公司（讀書共和國出版集團）
地址｜ 231 新北市新店區民權路 108-2 號 9 樓
電話｜ (02)2218-1417　傳真｜ (02)8667-1065
客服信箱｜ service@bookrep.com.tw
網路書店｜ www.bookrep.com.tw
團體訂購請洽業務部｜ (02)2218-1417 分機 1124
法律顧問｜華洋法律事務所 蘇文生律師
印製｜通南彩色印刷有限公司

初版｜ 2022 年 12 月　初版 7 刷｜ 2024 年 8 月
定價｜ 320 元
書號｜ 1BCI0027
ISBN ｜ 978-626-7174-24-1